UM lugar no CORAÇÃO

SHERRYL WOODS

Um lugar no CORAÇÃO

Tradução
Gracinda Vasconcelos

Rio de Janeiro, 2016

Título original: SEAN'S RECKONING
Copyright © 2002 by Sherryl Woods
Originalmente publicado em 2002 por Silhouette Special Edition

Direitos de edição da obra em língua portuguesa no Brasil adquiridos pela Casa dos Livros Editora LTDA. Todos os direitos reservados. Nenhuma parte desta obra pode ser apropriada e estocada em sistema de banco de dados ou processo similar, em qualquer forma ou meio, seja eletrônico, de fotocópia, gravação etc., sem a permissão do detentor do copirraite.

Esta é uma obra de ficção. Os nomes, personagens e incidentes nele retratados são frutos da imaginação da autora. Qualquer semelhança com pessoas reais, vivas ou não, eventos ou locais é uma coincidência.

Rua Nova Jerusalém, 345 – Bonsucesso – 21042-235
Rio de Janeiro – RJ – Brasil
Tel.: (21) 3882-8200 – Fax: (21) 3882-8212/8313

CIP-Brasil. Catalogação na Publicação
Sindicato Nacional dos Editores de Livros, RJ

W86u

Woods, Sherryl 1944-
  Um lugar no coração / Sherryl Woods ; tradução Gracinda Vasconcelos. – 1. ed. – Rio de Janeiro : HarperCollins Brasil, 2016.

  Tradução de: Sean's reckoning
  ISBN 978.85.398.2241-6

  1. Romance americano. I. Vasconcelos, Gracinda. II. Título.

16-34357
CDD: 813
CDU: 821.111(73)-3

Capítulo Um

Os olhos de Sean Devaney ardiam por causa da fumaça das ruínas de uma casa em estilo vitoriano que fora convertida em um prédio de apartamentos alugados para pessoas de baixa renda.

A fuligem aderia ao suor que lhe umedecia a pele e o cabelo. E, mesmo após tirar a jaqueta antichamas e o macacão, Sean continuava sentindo como se tivesse acabado de sair do inferno… e saíra mesmo.

O cheiro acre de fumaça impregnava o ar e as suas roupas. Mesmo após dez anos trabalhando no Departamento de Incêndio de Boston, ainda não se acostumara com o rescaldo de um incêndio, o esgotamento, a desidratação e o terrível odor.

Era jovem e idealista quando entrara no Corpo de Bombeiros. Desejava ser um herói, sentir a descarga de adrenalina lançada na corrente sanguínea quando um alarme soava. Salvar vidas fazia parte da sua natureza, mas isso incluía o perigo, a emoção de colocar a própria vida em risco para fazer algo importante. Na verdade, parecia que Sean havia passado a maior parte da sua vida tentando fazer algo importante, de uma forma ou de outra.

Agora, porém, com a adrenalina reduzida a níveis normais, tudo o que mais queria era um ambiente aconchegante, uma ducha e dezesseis horas ininterruptas de sono. Para o seu azar, até aqueles últimos focos de fogo serem considerados completamente extintos, e o local, seguro, estava destinado a permanecer ali, apenas como garantia para o caso de uma nova ignição.

O senhorio tivera muita sorte por ninguém ter morrido. Na verdade, pelo que Sean pudera observar no interior, o proprietário daquela construção deveria ser fuzilado. Mesmo em meio ao combate às chamas, notara que havia tantas violações às normas de segurança que seria difícil enumerá-las.

Embora fosse necessário esperar mais de 24 horas para os peritos divulgarem a causa do incêndio, a seu ver o motivo mais provável era um curto-circuito na rede elétrica defasada e sobrecarregada. Esperava que o proprietário possuísse uma excelente apólice de seguro, porque iria precisar dela para pagar todas as indenizações das ações movidas pelos inquilinos. A maioria perdera quase tudo, consumido pelas chamas ou danificado pela fumaça ou pela água.

Sean esquadrinhou o que restara da multidão que se aglomerara para assistir ao inferno, a fim de detectar algum sinal de um provável senhorio, mas a maioria dos espectadores parecia mais fascinada do que consternada com a destruição.

— Ei, Sean — chamou seu parceiro, Hank DiMartelli, com um largo sorriso no rosto, ao fazer um gesto em direção a algo atrás de Sean. — Parece que temos um novo ajudante. É ágil o suficiente, mas duvido que tenha idade e os requisitos de altura exigidos pelo departamento.

Sean virou-se a tempo de ver um garoto entrando no caminhão de bombeiros. No momento em que o segurou, o menino já alcançava, com uma precisão infalível, o botão para disparar a sirene.

— Olhe, amigo, acho que este bairro já ouviu sirenes suficientes por uma tarde. — E Sean o carregou para fora do veículo.

— Mas eu quero fazer isso — protestou a criança, empinando o queixo e com uma expressão teimosa. Seu cabelo castanho-claro arrepiado com gel fazia lembrar um pequeno integrante de uma *boy band*.

— Outro dia — retrucou Sean, em um tom firme, e colocou o garoto no chão.

Ele ficou surpreso quando a criança não se afastou de imediato. Pelo contrário, permaneceu onde estava, com o semblante impenitente, continuando a lançar olhares furtivos na direção da cabine do veículo.

Sean tinha um pressentimento de que o garotinho não tardaria a voltar lá, a menos que ele ficasse por perto para impedi-lo.

— Então — disse, na esperança de desviar a atenção do menino de sua fascinação com a sirene —, qual é o seu nome?

O garoto o fitou com um ar solene.

— Não devo dizer meu nome a estranhos — respondeu de modo automático, como se tivesse sido instruído para tal.

Sean odiava contrariar uma sábia recomendação dos pais, mas também desejava saber a quem pertencia aquela criança e por que vagava sozinha ao redor da cena de um incêndio.

— Normalmente eu concordaria com isso — garantiu ao menino —, mas não há problema em me dizer. Sou Sean, um bombeiro. Policiais e bombeiros são bons. Você sempre poderá contar conosco quando estiver em apuros.

— Mas não estou em apuros. — Sua expressão obstinada era impassível. — Além do mais, mamãe disse para eu nunca dizer meu nome a *ninguém*, a não ser que ela permita.

Sean reprimiu um suspiro. Não podia argumentar contra aquilo.

— Certo. Onde está a sua mãe, então?

O menino deu de ombros.

— Não sei.

O sangue de Sean gelou. No segundo seguinte, viu-se com seis anos outra vez, do lado de fora de uma escola, à espera da mãe, após seu primeiro dia de aula, na primeira série do ensino fundamental. Ela jamais aparecera. Na verdade, esse fora o dia em que seus pais sumiram de Boston e da sua vida. Pouco depois, Sean e dois de seus irmãos foram enviados a um orfanato e separados para sempre. Apenas recentemente ele reencontrara o irmão mais velho, Ryan. Até agora, não fazia ideia do que acontecera com o irmão mais novo, Michael, ou com os gêmeos, que, pelo visto, tinham desaparecido com os pais.

Forçando-se de volta ao presente, Sean olhou no fundo dos grandes olhos castanhos do menino, em busca de algum sinal do tipo de pânico que ele mesmo experimentara naquele dia terrível, mas não havia nenhum. O garoto se mostrava perfeitamente confortável com o fato de a mãe não estar por perto.

Deixando de lado a própria reação instintiva à situação, Sean perguntou:

— Onde você mora?

— Eu morava lá — respondeu o menino, com naturalidade, apontando para a casa vitoriana queimada.

Deus do céu, haveria possibilidade de a mãe daquela criança ainda estar lá dentro? Não a teriam encontrado? Os pensamentos de Sean estavam confusos. De jeito nenhum. Vasculhara todos os cômodos de maneira metódica, em busca de qualquer indício de vítimas daquele incêndio que começara no meio da tarde e durara duas horas, até ser controlado. Ele próprio conferira os dois apartamentos do terceiro andar; seu parceiro, os do segundo; e outra equipe, os do primeiro.

— Sua mãe estava em casa quando o fogo começou? — indagou Sean ao menino, mantendo o tom suave. A última coisa que queria era assustá-lo.

— Acho que não. Fico com a Ruby quando chego da escola. Ela mora logo ali. — E apontou para uma construção vitoriana similar, atrás deles. — Às vezes, mamãe chega muito, muito tarde. Então vai lá me buscar e me leva para casa, mesmo que eu já esteja dormindo.

Sem querer, o garoto continuava mexendo com as emoções de Sean. Outra onda de raiva o atingiu. Como uma mãe podia deixar uma criança como aquela aos cuidados de estranhos enquanto se divertia na cidade até tarde da noite? Que tipo de mulher irresponsável era ela?

Se havia algo que conseguia acirrar seu temperamento, geralmente calmo, eram pais negligentes. Sean fazia o possível para se manter afastado de situações em que podia se deparar com um.

A última vez que combatera um incêndio provocado por um garoto brincando com fósforos enquanto os pais estavam fora, Sean perdera o controle. Os companheiros tiveram que afastá-lo do pai do menino, quando o homem, por fim, apareceu, jurando que só ficara fora de casa poucos minutos. Na verdade, sentira vontade de lhe rachar a cabeça e colocar um pouco de juízo lá dentro. Poucos minutos eram uma eternidade para uma criança com intenção de fazer travessuras.

— Ruby está em casa agora? — perguntou Sean, evitando dar algum indício de sua opinião, cada vez mais negativa, sobre a mãe do menino, e conseguiu manter o tom neutro.

O garoto negou com a cabeça e apontou para a rua.

— Ruby não tem telefone, porque custa muito caro. Ela foi até a loja da esquina para ligar para a mamãe e contar a ela o que aconteceu. Eu fui com ela, mas, em seguida, voltei para ver o caminhão.

Ótimo! Simplesmente ótimo, pensou Sean. A babá também deixava a criança sozinha. Sentiu-se tentado a ligar para o Conselho Tutelar da região. A única coisa que o impedia era a própria experiência amarga com a instituição. Muitas crianças contavam com a sorte de serem levadas para lares adotivos amorosos, mas ele não fora uma delas. Não até a última família que o acolheu, quando já estava com quase dez anos.

Os Forresters, gentis e pacientes, pareciam determinados a lhe provar que ele era um garoto digno de ser amado. Fizeram o possível para compensá-lo por ter sido abandonado pelos pais verdadeiros, com dois de seus irmãos. Para compensá-lo pela falta de atenção dos outros pais adotivos, demasiado ocupados, que não dispunham de tempo ou da habilidade necessária para tranquilizar uma criança assustada, que temia que cada adulto que entrava em sua vida partisse de repente e nunca mais voltasse. Os lares temporários, por sua temporariedade inerente, alimentavam essa insegurança.

Uma vez que aquela criança, apesar de se encontrar sozinha, não mostrava outros sinais evidentes de negligência, Sean decidiu investigar um pouco mais, antes de tomar uma medida drástica que poderia mudar a vida do menino para sempre.

Sean o fitou nos olhos.

— Bem, que tal então eu chamá-lo de Mikey? Eu tinha um irmão mais novo chamado Mikey, muito tempo atrás. Você me faz lembrar dele. Era um garotinho muito aventureiro, também.

— Meu nome não é esse.

Sean esperou, enquanto a criança hesitava, ponderando a ordem da mãe em face das circunstâncias atuais. Talvez estivesse tentando calcular as chances de Sean deixá-lo entrar outra vez no caminhão de bombeiros se começassem a se tratar pelo primeiro nome.

— Acha mesmo que minha mãe não ficaria furiosa se eu lhe dissesse o meu nome? — perguntou o garoto, preocupado.

— Tenho certeza de que ela não veria problema algum, já que sou um bombeiro. Você pode pelo menos me dizer seu primeiro nome.

O menino franziu a testa, considerando a possibilidade. Então, sua expressão se iluminou.

— Está bem. Acho que não tem problema se você me chamar de Seth.

Sean reprimiu um sorriso diante da concessão relutante.

— Muito bem, Seth, por que não nos sentamos aqui no meio-fio e esperamos Ruby voltar?

O garoto o fitou, ansioso.

— Eu poderia ir buscá-la. Ela na certa gostaria de conhecê-lo. Ruby é muito bonita, e está sempre à procura de um novo namorado. Você é casado?

— Não, e acho que é melhor esperarmos aqui. — Sean pediu proteção divina contra a disponível Ruby e seu amiguinho casamenteiro. — Então, Seth, você não me falou sobre o seu pai. Ele está no trabalho?

Pela primeira vez, o menino mostrou evidências de desalento. Seu lábio inferior tremeu.

— Não tenho pai — afirmou, com tristeza. — Ele foi embora há muito, muito tempo, quando eu era apenas um bebê. Tenho quase seis anos agora. Bem, só completo em março do próximo ano. Sei que ainda falta bastante tempo, mas fazer seis anos vai ser muito legal, porque vou entrar na primeira série.

Sean se esforçou para acompanhar a conversa. O pai do menino o abandonara, e ele não sabia o que dizer. Mas não foi preciso tecer comentário algum, porque Seth continuou falando, narrando os detalhes de sua vida.

— Mamãe diz que meu pai me amava, mas Ruby afirma que era um bom filho de alguma coisa. Não tenho certeza de quê. — A criança o considerou com um olhar esperançoso. — Você acha que a mamãe está certa?

Velhas emoções o assolaram, e Sean reprimiu um rosário de palavrões.

— Tenho certeza de que sim — garantiu ao menino. — Que pai não amaria um garoto legal como você?

— Então por que ele foi embora?

— Não sei. — Sean optou pela honestidade total.

Com certeza, isso era algo que não conseguia compreender. Não no caso de Seth, e não no próprio caso, mesmo agora, com a perspectiva de um adulto sobre o assunto. Assim, disse a Seth a mesma coisa que ouvira em inúmeras ocasiões:

— Às vezes, as coisas acontecem, e não há nada que se possa fazer para evitá-las. E às vezes, nunca descobrimos o porquê.

Sean suspirou. Ele certamente não descobrira. E até Ryan voltar a fazer parte de sua vida, sempre dissera a si mesmo que isso não importava. Na verdade, fizera o possível para se manter no anonimato, a fim de não ser encontrado, no caso de os pais aparecerem procurando por ele. Permanecera em Boston e, por decisão consciente, levava uma vida discreta, sem seu número na lista telefônica e sem cartões de crédito. Quem o procurasse teria que se esforçar para encontrá-lo. Dessa forma, se ninguém viesse bater à sua porta, era porque seria quase impossível achá-lo. Sean não teria que lidar com a possibilidade de que ninguém se importasse o suficiente para procurá-lo.

Seu irmão Ryan, pelo visto, erguera o mesmo tipo de muro em torno do coração. Então se apaixonou por Maggie, que o incentivou a procurar a família que ele havia perdido. As precauções de Sean não foram suficientes para impedir que um investigador determinado o encontrasse. O que deixou claro que seus pais jamais se preocuparam em tentar. Na maioria das vezes, conseguia se convencer de que isso não o afetava, mas havia momentos, como aquele, em que as feridas doíam tanto quanto vinte anos atrás.

No momento em que se viu prestes a mergulhar em um repugnante ataque de autopiedade, uma mulher de cabelo escuro, vestindo uniforme de garçonete, surgiu, correndo pela rua, a expressão frenética. Era seguida de perto por uma loira sexy, trajando jeans apertado, uma camiseta rosa-choque e sapatos de salto alto.

— Mãe! — gritou Seth, erguendo-se e correndo direto para a pequena mulher, de cabelo escuro.

Erguendo-o nos braços, ela lhe sufocou o rosto com beijos e, em seguida, pousou-o no chão para examiná-lo da cabeça aos pés. Só então conseguiu falar:

— O que está fazendo aqui, rapazinho? — exigiu, com um semblante austero. — Sabe que jamais deve ir a lugar algum sozinho, a menos que Ruby o acompanhe.

— Eu vim ver o caminhão de bombeiros, mamãe. Mas ele não me deixou brincar com a sirene — acrescentou, apontando de modo acusador para Sean, que se erguera para se juntar a eles.

A mulher se virou para Sean e estendeu a mão.

— Sou Deanna Blackwell. Obrigada por ter tomado conta dele. Espero que meu filho não tenha causado nenhum incômodo.

— Sean Devaney — apresentou-se, a voz soando firme.

Olhando para aqueles enormes olhos castanhos repletos de sinceridade, Sean não foi capaz de fazer o sermão que se formara em sua mente no instante em que se deparou com aquela criança. Antes que pudesse dizer qualquer coisa, a segunda mulher se aproximou e tocou-o no braço de modo provocante. Um músculo enrijeceu ao seu toque, mas, fora isso, Sean se sentiu imune ao convite sensual nos olhos dela.

— Sou Ruby Allen, a babá — apresentou-se, fitando-o com um olhar sedutor. — Sempre quis conhecer um bombeiro de verdade.

Deanna revirou os olhos ao ouvir o comentário instigante.

— Não ligue para ela — desculpou-se. — No fundo, Ruby é inofensiva.

Muitos homens se deixariam atrair pela atitude ousada de Ruby, mas Sean nem sequer ficara tentado. Seu tipo de mulher eram as inteligentes, independentes, que não estavam à procura de um compromisso futuro. Ruby exalava desespero. Dava a impressão de não se interessar por nada além de uma noite, mas seu instinto e a inocente observação de Seth lhe sugeriam o contrário.

Deanna Blackwell era outra história. Com traços delicados e olhos grandes, emoldurados por cachos escuros, cortados bem curtos, em um estilo prático, parecia tão inocente quanto o filho. Ao contrário da jovem mãe festeira que ele imaginara, parecia um anjo, com círculos escuros de exaustão ao redor dos olhos. *Essa sim* era uma combinação que poderia afetá-lo. *E uma das razões que o faziam evitar esse tipo a todo custo.*

Ao som de um grito vindo do outro lado da rua, Deanna virou-se, de repente, para a casa, que, ao que tudo indicava, fora sua. O alívio por ter encontrado o filho em segurança deu lugar a um choque tão profundo, que seus joelhos dobraram.

Ao segurá-la para evitar que caísse, Sean inspirou a leve fragrância de seu perfume suave e feminino, que fez seu pulso acelerar. A pele dos braços sob suas palmas ásperas era lisa e macia como cetim. Quando a fitou nos olhos, percebeu que estavam repletos de lágrimas e tomados por um desalento que quase lhe partiu o coração. Não importava a infinidade de vezes que vira pessoas atingidas pela constatação repentina de que haviam perdido tudo; jamais conseguira ficar imune à dor delas.

— Sinto muito. — Sean estendeu a mão para pegar uma garrafa de água no caminhão e oferecer-lhe. — Sente-se por um minuto e beba isto.

Deanna afundou no estribo do caminhão de bombeiros.

— Eu não fazia ideia... — murmurou, olhando para ele e depois para Ruby, e vice-versa. — Pensei... Eu não sei o que pensei, mas não foi isso. O que vou fazer agora? Não tínhamos muito, mas tudo o que possuíamos estava lá.

Sean trocou um olhar com Ruby, cuja expressão impotente o encorajou a tomar a decisão de responder, recorrendo ao velho chavão:

— Mas você e Seth estão bem.

Era um lembrete que dizia uma centena de vezes, mas sabia que era um pequeno conforto para aqueles que viam todos os seus pertences, todas as lembranças do passado se transformarem em cinzas. Havia sempre um sentimento angustiante de perda, mesmo quando entendiam que a vida era o bem mais precioso. Sean a olhou nos olhos.

— Você sabe que isso é o que realmente importa, não é?

— Sim, claro, mas... — Deanna abanou a cabeça, como se algo a tivesse deixado confusa. — Você disse algo sobre Seth?

— Seu filho.

Deanna virou-se para a criança em questão, e um inesperado e repentino sorriso brotou em seus lábios.

— Por que disse a ele que seu nome é Seth?

— Porque nunca devo dizer o meu nome a estranhos — respondeu o garoto, obediente. Então lançou um olhar culpado a Sean. — Desculpe, eu menti.

Sean ficou surpreso por ter sido enganado por um fedelho criativo.

— Você não se chama Seth?

O menino fez um movimento negativo com a cabeça.

— Então quem é Seth?

— É um amigo meu da escola — admitiu. — Eu queria fazer o que minha mãe mandou, mas achei que você precisava me chamar de alguma coisa, se íamos ser amigos.

— Pelo menos uma lição aprendida — comentou Deanna Blackwell, satisfeita, e, em seguida, voltou o olhar para Sean. — O nome dele é Kevin. Espero que não fique chateado. Ele estava tentando fazer a coisa certa.

Sean achou graça da trapaça inteligente. Ele merecera, por ter insistido tanto. Deanna parecia fazer com o garoto um trabalho melhor do que ele imaginara. Talvez fosse apenas uma mãe solteira lutando para educar o filho da melhor maneira possível.

— Não tem problema — respondeu, tranquilizando-os.

— Olha, se precisar de um lugar temporário para ficar, há serviços disponíveis que podem ajudar. Posso ligar para a Cruz Vermelha. Seu seguro será liberado em alguns dias.

Ela sacudiu a cabeça.

— Não tenho seguro.

Era de se esperar, dado o estado lastimável da construção, mesmo antes do incêndio. Qualquer pessoa forçada a viver ali decerto não poderia arcar com a despesa de um seguro.

— O senhorio talvez tenha algum — sugeriu ele.

— Apenas dos apartamentos, não do conteúdo. Ele deixou isso muito claro quando nos mudamos para cá.

— Mesmo assim, se ele for considerado responsável por algum tipo de negligência, poderá ser processado.

— Você acha que eu posso pagar um advogado para entrar com uma ação na justiça? — disse, desanimada. — Sei o quanto eles cobram, e não conseguiria arcar com um honorário sequer.

Sean desejava muito encontrar algo que colocasse um pouco de vida de volta nos olhos dela.

— E sua família? Não pode ajudar?

Deanna sacudiu a cabeça, com uma expressão sombria.

— Impossível — respondeu, com firmeza. — Olha, não se preocupe. Já fez mais do que o suficiente mantendo Kevin fora de perigo, quando, sem dúvida, havia coisas muito mais importantes que deveria fazer. Vamos dar um jeito.

— Pare de se preocupar, Dee. Vocês dois podem ficar lá em casa — ofereceu Ruby, dando a Deanna Blackwell um reconfortante abraço. — Vai ficar apertado, mas a gente se ajeita. Você quase nunca está em casa, e Kevin já fica comigo todas as tardes. Posso emprestar algumas roupas para você também.

Sean tentou imaginar Deanna usando os trajes justos de Ruby, mas a imagem não se formou em sua mente. Em um gesto impulsivo, retirou a carteira do bolso, apanhou cem dólares e colocou-os na mão dela.

— É um empréstimo, não uma caridade — disse, antes que ela pudesse protestar. — Pode me pagar quando tiver se recuperado.

Sean viu o orgulho travando um duelo com a praticidade, mas depois Deanna olhou para Kevin. Isso pareceu fortalecer sua resolução, e ela encarou Sean.

— Obrigada. Vou lhe devolver assim que puder.

— Não estou preocupado com isso.

— Mas sempre pago minhas dívidas. É importante para mim. Onde posso encontrá-lo?

— No quartel dos bombeiros, a três quarteirões daqui, a maior parte do tempo — afirmou, embora mentalmente estivesse dando adeus àquele dinheiro.

Anos atrás, aprendera a lição de nunca emprestar algo se não pudesse se dar o luxo de perdê-lo. Levara poucos pertences quando saíra de casa, e desde então não se preocupava em acumular muita coisa que possuísse algum valor sentimental. Quanto ao dinheiro, era bom tê-lo, mas não se tratava de uma obsessão. E tinha poucas necessidades materiais que não pudessem ser satisfeitas com seu próximo salário.

— Traga meu amigo Kevin e vou deixá-lo experimentar a sirene. — sugeriu, dando uma solene piscadela ao menino.

— Legal! — comemorou a criança.

Enfim, satisfeito porque Kevin estava em melhores mãos do que imaginara, Sean correu para o outro lado da rua para verificar o progresso no combate aos últimos focos.

Apenas um tufo ocasional de fumaça se erguia das cinzas. Iriam embora dali em breve, e ele estaria livre em algumas horas. Uma boa noite de sono acenava como uma amante sensual.

— Está na hora de ir, Sean! — anunciou Hank, com entusiasmo, dando-lhe um tapinha amigável nas costas. — Vi você com as únicas duas mulheres com idade inferior a setenta anos em todo este bairro. Conseguiu o número da loira sexy?

— Como se eu estivesse interessado... — zombou Sean.

— Ela é o seu tipo, não o meu.

Hank aparentava decepção.

— E a morena com a criança?

— Também não.

— Duas mulheres lindas, e você deixou escapar? — perguntou o amigo incrédulo. — Cara, você bobeou.

— Não bobeei. — A voz soou paciente. — Eu não estava tentando nada, se quer saber.

— Por que não?

Sean se perguntou o mesmo. Talvez porque uma delas não fazia o seu tipo, e a outra lhe pareceu carente e vulnerável demais, apesar da pequena demonstração de orgulho. Uma coisa era resgatar alguém que acabara de perder sua casa. Outra, bem diferente, era permitir envolver-se emocionalmente. Sempre tentava manter seus instintos protetores sob rédeas curtas.

Hank aproximou-se e entregou-lhe um caminhão de bombeiros de brinquedo.

— Ainda não é tarde demais, Sean. Isto com certeza pertencia à criança. Pegue. A menos que seja mais burro do que imagino que é, qualquer dia desses você estará procurando uma desculpa para ver a mãe do garoto de novo.

— De jeito nenhum! — vociferou Sean.

Mas, ao mesmo tempo que proferiu a negação, pegou o caminhão de metal e o enfiou no bolso. Disse a si mesmo que era um gesto reflexivo, só para tirá-lo das mãos de Hank, mas a verdade era que o seu parceiro lera sua mente. Apesar de todas as campainhas de alarme soando em sua cabeça, a vulnerabilidade de Deanna Blackwell o atraía, puxando-o como uma corda invisível.

Olhou para trás, em direção ao local onde a deixou, mas ela já havia partido. Ficou surpreso com a intensidade de sua decepção.

Nesse instante, teve um vislumbre da chamativa loira desaparecendo no interior de um prédio do outro lado da rua, e algo semelhante a alívio se espalhou pelo seu ser. Se — e isso era realmente um enorme *se* — perdesse o juízo e decidisse voltar a ver Deanna, Ruby saberia onde encontrá-la.

Sean sorriu, considerando se a loira estaria disposta a lhe passar essa informação ou se, como Kevin, optaria por ser sucinta. Caso isso acontecesse, só haveria uma coisa a fazer, concluiu. Apresentaria Ruby a Hank, que conseguia arrancar informações de qualquer mulher na face da Terra.

Mas que casal perfeito, pensou, com um risinho. Talvez um dia, quando estivesse de fato entediado, apresentasse um ao outro apenas para assistir às faíscas voarem. E se no curso da ação acabasse se reencontrando com Deanna Blackwell... Bem, isso seria apenas um acaso do destino.

Capítulo Dois

— Aquele homem estava babando por você — provocou Ruby, ao subirem os degraus para o apartamento do terceiro andar, que seria a casa de Deanna sabe-se lá por quanto tempo.

— Estava nada — discordou ela, grata pela provocação, porque, pelo menos, por ora, manteria sua mente afastada do incêndio e de seu futuro incerto. — Nenhum homem olha para mim duas vezes quando você está por perto.

— Mas aquele olhou — insistiu Ruby, seguindo na frente, rumo à sua quitinete, com um banheiro do tamanho de um closet, o que provavelmente era o cômodo, antes de a casa ser dividida em quitinetes.

Ela sorriu para Deanna.

— E você tem algo que eu não tenho.

Era difícil imaginar algo que a sensual e autoconfiante Ruby não possuísse; ainda mais quando se tratava do tipo de atributos que atraía o sexo oposto.

Infelizmente, poucos despendiam algum tempo para descobrir o que havia sob a aparência chamativa de Ruby. Deanna se ressentia do fato de os homens nunca enxergarem a mulher gentil e generosa, que fazia qualquer coisa no mundo por um amigo; algo que estava provando agora, convidando ela e Kevin a morarem em sua casa.

Deanna estudou-a, curiosa.

— O que eu poderia ter que você não tem?

Ruby baixou a cabeça no interior da geladeira, de modo que sua resposta soou abafada, mas Deanna não teve problemas em ouvi-la.

— Kevin. — Então Ruby se ergueu, ofereceu-lhe um refrigerante e a encarou. — Eu observei os dois juntos lá fora. O bombeiro Sean definitivamente seria um ótimo pai. Algo para pensar, não concorda?

Deanna suspirou e aceitou a bebida.

— Já conversamos sobre isso um milhão de vezes. Ao contrário de você, não estou à procura de um homem para tornar minha vida completa.

Ruby fez uma careta.

— Completa não, apenas mais fácil.

— Posso cuidar de mim mesma e de Kevin — insistiu Deanna.

— Quando se trata de ser uma mãe amorosa e maravilhosa, você é a melhor. Mas, no meu entender, Kevin, com certeza, deveria ter um pai para substituir aquele imbecil que abandonou vocês dois. Não que eu não ache que você está melhor sem Frankie, mas ele deixou um enorme vazio na vida de Kevin. Você mesma já deve ter percebido. O garoto faz um milhão de perguntas sobre o pai todos os dias. Aquela foto que ele tem de Frankie está em pandarecos, de tanto que ele mexe nela.

— Eu sei. — Se não tivesse visto com os próprios olhos, bastaria a Deanna ter ouvido Ruby fazer essa observação com uma frequência irritante.

— Bem, então você não deve isso a Kevin? Dar uma oportunidade ao bombeiro Sean?

— Não vou me envolver com um cara apenas porque meu filho precisa de uma figura paterna em sua vida — retrucou Deanna, impaciente. — Além do mais, Kevin tem Joey.

Ruby quase engasgou com o refrigerante ao soltar uma gargalhada.

— Quer que Joey Talifero seja o modelo de pai para o seu filho? Está louca?!

— Não há nada de errado com Joey. — Deanna reagiu em defesa do patrão, como sempre fazia quando a amiga dizia algo depreciativo a seu respeito. — Ele é um homem de negócios respeitável.

— Posso até concordar, se está se referindo ao fato de ele, com certeza, não ter infringido nenhuma lei, nos últimos tempos. Mas Joey parou de estudar no ensino fundamental, se é que chegou a isso. É dono de um restaurante de quinta categoria e gasta todo o tempo livre apostando em corridas de cavalo.

— Mas tem um coração de ouro. Ele e Pauline me tratam como se fosse da família.

— Se dissesse que Joey a sobrecarrega e lhe paga mal, Deanna, eu lhe daria toda a razão. E já notei que você não menciona que o seu outro patrão tem o mesmo potencial de herói.

Deanna e Ruby trabalhavam em um escritório de advocacia no bairro. Deanna como recepcionista em tempo integral, e Ruby em meio expediente. O chefe, Jordan Hodges, não era o tipo de homem que admitia conversas pessoais no trabalho. Era um sujeito extremamente profissional. Deanna não estava certa de que ele sabia sobre a existência de Kevin, e fazia o possível para se certificar de que o filho não interferisse em seu desempenho no escritório. Precisava do salário mínimo e das gorjetas que recebia no restaurante de Joey, durante a noite, para sobreviver.

— O sr. Hodges seria um excelente modelo... — retrucou, em um tom rígido — se estivesse interessado em ser um, o que não é o caso.

— Sim, certo — zombou Ruby. — Ora, vamos, Dee. Pense nisso. Não acha que um bombeiro amigável seria uma escolha milhões de vezes melhor, no quesito de herói, do que Joey ou o arrogante Hodges?

Deanna pensou no homem que fizera amizade com Kevin naquela tarde. Mesmo recoberto de fuligem e suor, ainda era o mais bonito com quem ela se deparara nos últimos anos. Cabelo escuro como carvão, olhos azuis, queixo quadrado, músculos bem definidos. O verdadeiro homem dos sonhos. Fora gentil com o filho dela e até lhe emprestara dinheiro.

No entanto, ela não sabia absolutamente mais nada sobre ele. O que se podia dizer sobre o caráter de um homem em um encontro de vinte minutos? *Meu relacionamento com Frankie Blackwell durou um ano, antes de nos casarmos, e veja no que deu.* Melhor um problema conhecido, como Joey, ou até mesmo Jordan Hodges, do que um desconhecido.

Além do mais, Joey nunca, em um milhão de anos, a importunaria. Sua esposa o estrangularia. Mas não estava tão certa em relação a Sean Devaney. Se o que Ruby dissera sobre o modo como ele a fitara fosse verdade, e Ruby tinha instintos para lá de confiáveis quando se tratava de homens, quanto tempo levaria antes de ele pedir mais do que estava interessada em lhe dar?

E quanto tempo levaria depois disso, antes de cometer o segundo pior erro de sua vida e começar a contar com ele, como uma vez contara com Frankie Blackwell? Não, sua situação atual era com certeza mais segura. Desde que Frankie a abandonara, aprendera que não podia confiar em ninguém a não ser em si mesma. Ruby era exceção.

Estudando o jeans justo da amiga e a camiseta colada ao peito, além dos limites, Deanna percebeu por que as pessoas faziam uma ideia errada de Ruby. Mas Deanna a conhecia bem. Confiaria sua própria vida a ela. Confiava-lhe a segurança de Kevin quase todas as tardes e noites. Ela nunca a decepcionara. Considerava-se abençoada por ter uma amiga assim.

— Tenho coisas mais urgentes com que me preocupar do que arrumar um modelo de pai para Kevin. — Deanna descartou assim o tema desconfortável. — Para o caso de você ter esquecido, acabei de perder minha casa e tudo o que tinha.

De repente, a enormidade do ocorrido fez seus joelhos bambearem pela segunda vez no dia. Só que agora não havia um bombeiro forte por perto para impedi-la de se estatelar no chão. Em vez disso, Deanna afundou no sofá, piscando para reter as lágrimas.

— Ruby, o que vou fazer? — perguntou, aliviada por Kevin ter descido para brincar com um amigo.

O menino não tinha noção da gravidade do momento, e Deanna não queria que o filho testemunhasse sua aflição. Já havia incertezas mais do que suficientes na vida dele do jeito que estava, coisas que eram tão impossíveis de controlar quanto o surgimento e o desaparecimento da lua a cada dia.

— Exatamente o que sempre faz — respondeu Ruby, com total convicção. — Vai recorrer a essa reserva ilimitada de força que possui, adquirida no passado, e eu farei tudo o que puder para ajudá-la. Vamos conseguir. Isso é o que os amigos fazem em uma crise. Você estava lá quando o mundo desabou ao meu redor. Agora é a minha vez de retribuir o favor.

Deanna mal prestou atenção às palavras tranquilizadoras de Ruby. Calculava dólares e centavos mentalmente para as necessidades básicas. Mesmo com os cem dólares de Sean em seu bolso e a minguada poupança no banco, passaria um grande aperto. Ela soltou um longo suspiro.

— Eu mal conseguia dar conta do jeito que estava. Como posso arrumar um novo lugar para morar, fazer um depósito caução, comprar móveis e tudo novo para Kevin e para mim? — perguntou, oprimida diante da tarefa à sua frente. — Nós nem sequer temos uma escova de dentes.

— Pare de se preocupar. Kevin tem uma escova de dentes aqui. E também roupas e brinquedos. E você usa esses uniformes do restaurante de Joey. Deve ter pelo menos um na lavanderia, certo? Pode comprar algumas saias para o trabalho no escritório de advocacia com o dinheiro que Sean lhe emprestou. E minhas blusas cabem em você. Pode pegar qualquer uma no armário. Quanto a arrumar um lugar para ficar, já discutimos sobre isso. Vocês ficarão bem aqui.

— Por uma noite ou duas, talvez. Mas você não pode nos acolher indefinidamente.

— Por que não? — Ruby franziu o cenho, indignada.

— Por um simples motivo: você só possui um quarto.

— E daí? Podemos compartilhá-lo, e Kevin pode dormir no sofá — insistiu a amiga, determinada a simplificar a situação. — Ele dorme lá nas noites em que você trabalha até mais tarde.

— Fico grata pela oferta, de verdade, mas isso não irá afetar sua vida social?

Ruby lançou-lhe um olhar irônico.

— No momento, minha vida social está bem desinteressante. Uma desculpa para uma pausa me fará bem. Posso aproveitar esse tempo para reavaliar como escolher os homens com quem fico. É óbvio que venho fazendo tudo errado.

Ruby soou muito sincera, mas Deanna a estudou, preocupada.

— Tem certeza? Certeza mesmo?

— Isso é o que os amigos fazem em uma crise — repetiu Ruby. — Agora pare de se preocupar. Ficaremos bem.

— Não sei como lhe agradecer.

— Não, não precisa agradecer; e se insistir, vou ficar mal-humorada. E, como ganhei um dinheiro extra ajudando a sra. Carlyle a limpar o apartamento dela, sugiro chamarmos Kevin e sairmos para comer uma pizza.

Deanna sacudiu a cabeça, lutando para se erguer.

— Tenho que voltar ao trabalho.

— Claro que não. Joey já sabe o que aconteceu. Expliquei quando liguei. E também disse a ele que você não voltará pelo menos até amanhã. Talvez só depois de amanhã.

— Não é hora para faltar no emprego — protestou Deanna, com uma onda de pânico lhe causando um frio na barriga. — Corro o risco de ser despedida.

Ruby segurou-a pelos ombros e a sacudiu com delicadeza.

— Ei, acorde! Nem mesmo Joey é tão burro para demiti-la sob essas circunstâncias. Você é a principal razão para as pessoas continuarem frequentando aquele lugar. Com certeza, não vão lá pela culinária refinada. Agora, ouça-me. Você acabou de passar por um trauma. Segundo a minha experiência, a única coisa a fazer nesse tipo de situação é comer bem. Na verdade, acho que devemos pedir sundaes de chocolate para acompanhar a pizza.

Apesar do desânimo pela terrível reviravolta que sua vida sofrera, Deanna sorriu.

— Sou eu que estou com problemas. Como você vai se permitir tamanha orgia alimentar?

— Estou desistindo dos homens. — Ruby piscou para ela.

— Para mim, eles são um verdadeiro trauma.

Para Deanna, que desistira dos homens após ter sido abandonada pelo pai de Kevin, isso não parecia um sacrifício, mas ela não era Ruby. A amiga podia ter ficado arrasada com o divórcio, mas dera a volta por cima. Não se desculpava pelo fato de gostar de ter um homem em sua vida.

— Você pode levar Kevin ao quartel dos bombeiros. Tente sua sorte mais uma vez com Sean Devaney — sugeriu Deanna, ignorando a pontada surpreendente de desolação que a varreu com a perspectiva de empurrar Ruby para os braços de Sean.

— E correr o risco de aquele pedaço de mau caminho me rejeitar pela segunda vez? Acho que não. Uma mulher tem que ter um pouco de orgulho. — Ruby estudou Deanna com um olhar malicioso. — É claro que, quando *você* levar Kevin lá, posso ir junto e dar uma olhada no restante da corporação.

Deanna suspirou profundamente.

— Suponho que seja dessa maneira que vou compensá-la por ter me acolhido.

— Com toda a certeza.

Uma imagem de Sean Devaney lhe veio à mente. O homem *era* muito bonito. Que mulher saudável não gostaria de voltar a vê-lo? Mas isso não significava que estava interessada em algo mais. E devia um pouco de entretenimento a Ruby.

— Está bem — concordou.

E, levando em consideração o modo como seus hormônios se agitaram quando proferiu as palavras, seria melhor certificar-se de que todas as suas atentas e afiadas defesas estariam firmemente no lugar.

* * *

— A MAMÃE falou que não era para eu incomodar você, porque você devia estar muito ocupado. Mas eu fiquei pensando... Se não estivesse ocupado, talvez pudesse me levar para dar uma volta no caminhão de bombeiros... — dizia Kevin Blackwell a Sean.

A ligação fora recebida na linha não emergencial do corpo de bombeiros, cerca de cinco minutos antes. Sean mal conseguira proferir uma palavra. O garoto, definitivamente, tinha muito a dizer, e falava com tanta rapidez que Sean sentia dificuldade em acompanhá-lo.

— Ei, Kevin, devagar, está bem?

— Ah, certo... Achei que você pudesse estar com pressa.

— Não neste exato momento — assegurou-lhe Sean. — Como soube como me encontrar?

— Foi fácil. Ruby conseguiu o número na lista telefônica.

Ah, então a famosa Ruby estava encorajando aquela ideia. *Em benefício de quem?*, Sean desejou saber. Do garoto ou de si mesma? Ou estaria querendo bancar o cupido? Aquela possibilidade o intrigou bem mais do que deveria.

— Ela está aí por perto? — perguntou Sean, com a esperança de esclarecer os fatos, antes de concordar com qualquer coisa.

— Hum-hum. Estou em um telefone público em frente à lavanderia. Ruby está lá dentro. Mas sairá em um minuto. Ela falou que não haveria problema se eu ligasse para você. E não há, certo? Não está zangado, está? — indagou, preocupado.

— Não. Não estou zangado. Fico feliz em ouvi-lo — respondeu Sean, percebendo que era verdade.

Pensara bastante no menino — e na mãe dele — nas duas últimas semanas. Considerava aqueles pensamentos perfeitamente normais, dadas as circunstâncias. Muitas vezes ficava preocupado com pessoas cujas casas haviam sido destruídas pelo fogo, embora poucas assombrassem seus sonhos do jeito que Deanna Blackwell assombrava.

— Como você e sua mãe estão indo, Kevin?

— Bem, eu acho. Ficar com Ruby é legal. Ela tem coisas mais gostosas na geladeira do que a mamãe.

Sean reprimiu uma risada ante a declaração do menino.

— O que, por exemplo?

— Sorvete, refrigerantes e um saco cheio de doces. Mamãe disse que não devo tocar em nada, porque são alimentos de crise de Ruby. Sei lá o que é isso. Mas acho que ela não se importaria se eu comesse uma barra de chocolate, não é?

— Não, acho que não, contanto que você peça permissão primeiro. — Mais curioso do que gostaria de admitir, Sean perguntou: — Ruby tem muitas crises? E de que tipo seriam? — desejou saber. Dessas que uma criança de cinco anos não devia saber?

— Nem imagino — afirmou Kevin. — Talvez você devesse lhe perguntar. Ela acabou de chegar.

— Daqui a pouco — disse Sean, na esperança de adiar a conversa com Ruby até conseguir apoio para distraí-la, ou seja, Hank. — Não posso me ausentar daqui, mas talvez você e Ruby possam vir até o quartel para ver o caminhão de bombeiros, como prometi.

— Oba, seria muito legal! Você fala com ela, está bem? Ruby fará isso se você pedir. Espere um segundo.

Sean ouviu a conversa animada do outro lado da linha, então, por fim, Ruby pegou o telefone.

— Você sabe mesmo como conquistar o coração de uma criança... — disse ela.

Sean ignorou o elogio.

— E então? Você pode trazê-lo aqui?

Para sua surpresa, ela hesitou.

— Que tal daqui a umas duas horas? Você estará aí por volta das dezenove horas?

— Não posso saber quando iremos receber uma chamada, mas imagino que estaremos. Alguma razão em particular para querer esperar?

— Deanna terá chegado em casa a essa hora. Sei que ela gostaria de ir também. Acho que juntou um pouco de dinheiro e quer lhe devolver.

— Eu disse a ela que não havia pressa. — Sean se sentiu muito irritado por Deanna estar com tanta urgência em lhe reembolsar o dinheiro. Mas, já que ele próprio não gostava de ficar em débito com ninguém, decidiu que devia ser mais compreensivo. No entanto, continuou irritado assim mesmo. — Passaram-se apenas duas semanas. Ela não pode ter se recuperado financeiramente.

— Claro que não, mas você não a conhece. — Ruby soava tão exasperada quanto Sean. — É mais orgulhosa e teimosa do que qualquer mulher tem o direito de ser. Não descansará até lhe devolver cada centavo. — Baixou a voz e confidenciou: — Para ser franca, acho que ela está à beira de um colapso, de tanta exaustão. Já estava trabalhando em dois empregos. Desde o dia do incêndio, resolveu fazer horas extras no restaurante. Esta será sua primeira noite de folga, e não teria sido se eu não tivesse ligado e dito a Joey para insistir nisso.

— Você ligou para o patrão dela? — perguntou Sean, sem saber se estava impressionado ou chocado. — O que fez? Precisou chantageá-lo?

— Praticamente — afirmou Ruby, animada. — Disse a Joey que se não a deixasse sair, eu iria até lá e diria aos clientes que ele era um completo idiota por fazê-la trabalhar todas aquelas horas extras, quando Deanna está praticamente dormindo em pé. — Fez uma pausa. — E poderia tê-lo ameaçado de espalhar a notícia sobre um caso de intoxicação alimentar que tive há pouco tempo.

Sean sorriu com o pensamento de uma Ruby vingativa, atacando o infeliz Joey. Quem quer que o pobre homem fosse, era pouco provável que seria páreo para ela.

— E Kevin? Será que Deanna tem tido tempo para ele?

— Kevin está bem. Está comigo — respondeu ela, com a voz assumindo um tom defensivo, como se entendesse a crítica implícita à sua amiga.

— Uma criança precisa da mãe — argumentou Sean de modo incisivo, disposto a despertar a ira de Ruby para expor seu ponto de vista.

— Sim, bem, mas também precisa de um teto sobre a cabeça — respondeu ela, desviando o foco do assunto para tomar o partido da amiga. — E Deanna está determinada a lhe dar isso. Continuo dizendo que não há tanta pressa, mas ela não quer me ouvir. — Ruby hesitou, depois acrescentou, pensativa: — Talvez você consiga convencê-la.

— Pode ter certeza — murmurou Sean.

— O quê?

— Nada. Mas se vocês vierem, vou conversar com Deanna.

— Nós o veremos dentro de algumas horas — disse Ruby, com o que parecia ser uma nota de satisfação na voz.

Ao ouvi-la, Sean sentiu uma aflição no peito. Por fim, conseguira sua resposta. A mulher queria bancar o cupido, não havia dúvida. Se ele tivesse um pouco de juízo na cabeça, inventaria que desenvolveu um repentino caso de gripe e partiria, bem antes de elas chegarem ao quartel.

No entanto, a imagem da expressão animada de Kevin Blackwell ao subir no caminhão de bombeiros lhe veio à memória. Aliado a isso havia o anseio óbvio do menino por uma figura masculina em sua vida, e Sean sabia que não iria a lugar nenhum. Havia muitos homens no mundo que não pensariam duas vezes em decepcionar uma criança, fosse seu próprio filho ou de outra pessoa, mas ele não era um deles. Já era forçado a conviver com as muitas decepções que sofrera na infância.

Deanna ainda estava irritada com a forma como Joey a dispensara sumariamente, bem na hora do jantar, quando o movimento estava a pleno vapor. Não adiantou argumentar alegando que precisava das gorjetas, ele se manteve firme e a colocou porta afora.

— O movimento das quartas-feiras é sempre fraco — disse Joey, apesar do fato de todas as mesas se encontrarem ocupadas. — Quanto você ganharia esta noite, afinal?

— Mesmo que seja pouco, ajuda — retrucou Deanna.

Após abrir a caixa registradora e retirar uma nota de vinte dólares, ele e a colocou na mão dela.

— Isto vai compensá-la. Você precisa dormir um pouco e passar algum tempo com seu filho.

Deanna estreitou o olhar.

— Andou falando com Ruby, não é?

— Que Ruby? — perguntou ele, com uma falsa inocência.

— Sabe muito bem de quem estou falando.

Joey e Ruby haviam desenvolvido uma antipatia mútua quase imediata, anos antes. Tentavam disfarçar na frente de Deanna, mas era fácil perceber.

— Certo, se você e Ruby fizeram um acordo sobre algo, já sei o que devo fazer em vez de ficar aqui discutindo. Vou voltar para casa. Passar algum tempo com Kevin. E depois dormir.

Joey concordou com satisfação.

— E amanhã estará de volta, com um largo sorriso no rosto para todos os fregueses, e eles vão dobrar suas gorjetas habituais.

— Quem dera! — murmurou Deanna.

A maioria dos fregueses de Joey era composta de idosos que viviam de aposentadoria. Essa era uma das razões para fazerem as refeições lá, em primeiro lugar.

Agora que estava realmente a caminho de casa, Deanna se viu arrastando os pés. O cansaço a dominava. Daria tudo por uma hora em uma banheira, um copo de chá gelado e doze horas ininterruptas de sono.

Em vez disso, encontrou Ruby e Kevin à sua espera nos degraus da frente.

— Você tem cinco minutos para subir e se arrumar — anunciou Ruby.

— Por quê?

Kevin pulou várias vezes na frente da mãe.

— Estamos saindo para ir ver Sean no corpo de bombeiros. Ele nos convidou, não é, Ruby?

De imediato desconfiada, Deanna olhou para a amiga.

— Sean ligou?

— Bem, na verdade, foi Kevin quem ligou, mas Sean nos convidou para ir até lá. Falei com ele por telefone.

Deanna percebeu uma trama, da qual não queria participar.

— Então por que vocês dois não vão? Não precisam de mim. Pode levar o dinheiro que eu tenho para ele.

A expressão do rosto de Kevin desmoronou.

— Mas esperamos por você até agora, mamãe. Você tem que ir.

— É isso mesmo. — Ruby apertou a mão do menino. — Sean está esperando por nós três. Não quer decepcioná-lo, quer? — Ela olhou incisivamente para Kevin para indicar que Sean não era o único que ficaria desapontado se Deanna se recusasse a ir.

Deixando de lado a exaustão e as suspeitas, Deanna forçou um sorriso.

— Está bem, então. Deem-me dez minutos para tomar banho e me trocar.

O rosto de Kevin de imediato se iluminou.

— Depressa, mãe! Não queremos deixá-lo esperando por muito tempo. Sean pode ficar ocupado demais para nos receber. Ou pode ir para casa.

Deanna deu um beijo na testa do filho.

— Vou me apressar — prometeu. Quando passou por Ruby a caminho da escada, inclinou-se e sussurrou: — Vai me pagar por isso.

Ruby deu risada.

— Duvido. Na verdade, se as coisas ocorrerem da maneira como estou imaginando, um dia você irá me agradecer. Deixei minha blusinha vermelha sobre a cama. Acho que é ideal para você usar em uma noite quente como esta.

— Não conte com isso.

— Mãe! — reclamou Kevin.

— Estou indo. — Deanna entrou e subiu os degraus.

Ir ao quartel do corpo de bombeiros era a última coisa que queria fazer naquela noite.

Infelizmente, não podia dizer o mesmo sobre tornar a ver Sean Devaney... e essa reação era assustadora.

Capítulo Três

Sean, tentando fingir que não estava ansioso pela chegada de Deanna ao quartel, manteve o nariz enterrado em um livro.

Quando criança, não era muito fanático por leitura, mas durante as intermináveis horas entre uma chamada e outra, pegava uma ficção que algum dos outros bombeiros terminara de ler e se mantinha entretido. Gostava de fugir da realidade para entrar em reinos onde o bem sempre triunfava sobre o mal.

Atualmente estava terminando o último livro de Harry Potter, apreciando a forma como o perseguido garoto enfrentava os tiranos ao seu redor. Não podia deixar de desejar ter Harry como modelo, quando menino. Naquela noite, porém, apesar de estar bastante envolvido na mais recente aventura, como acontecera com todas as outras, sua atenção era atraída para a calçada do lado de fora.

— À espera de alguém em particular? — perguntou Hank, afundando em uma cadeira ao seu lado.

— Quem disse que estou esperando alguém? — Sean se irritou por ter sido flagrado.

— Geralmente, quando se perde em um desses livros, este lugar poderia arder ao seu redor que você não perceberia, mas esta noite parece distraído. Não tira os olhos da rua.

Sean pensou em mentir, mas, já que precisaria da ajuda do amigo para ficar algum tempo a sós com Deanna, decidiu jogar limpo:

— Deanna Blackwell e seu filho estão a caminho.

Um sorriso se espalhou pelo rosto de Hank.

— Eu sabia! — exclamou, triunfante. — Ela é a boneca daquele incêndio, duas semanas atrás, certo? Tem ido vê-la às escondidas, não é mesmo, seu safado? Eu sabia que mentia descaradamente quando alegou não estar interessado.

Sean fez uma careta de aborrecimento.

— Não fui vê-la. O garoto ligou hoje e queria passar por aqui para ver os caminhões de bombeiros. Eu disse que não havia problema. Não é nada de mais.

— Mas para mim está valendo cinquenta dólares. — Hank regozijou-se.

Sean estudou a expressão do amigo, procurando o mais ínfimo indício de culpa.

— Você andou apostando que eu a veria de novo, não é?

Hank nem sequer pestanejou.

— Ora, é claro que apostei — respondeu, sem evidências de arrependimento. — Sua vida amorosa... ou a falta dela... é objeto de muita especulação por aqui. Todos os rapazes ficam me perguntando por que ainda não se casou, já que cada mulher que encontra se apaixona perdidamente por você.

— Não me relaciono com elas tempo suficiente para deixá-las apaixonadas por mim — contrapôs Sean.

— Foi o que expliquei aos caras, mas eles pensam que você está escondendo o jogo, que tem uma linda garota por aí e que sai às escondidas para passar cada minuto livre fazendo amor com ela.

Sean resmungou.

— Vocês não têm mesmo o que fazer.

Hank sorriu.

— É verdade. Então? A deleitável Deanna vai trazer a amiga sexy com ela?

— Se está se referindo a Ruby, a resposta é sim.

— Sendo assim, ficarei para sempre em dívida com você — disse Hank, em um tom solene. — Tive alguns sonhos muitíssimo eróticos com aquela mulher.

— Você tem sonhos eróticos com cada uma que vê passar na rua.

— Desta vez foi diferente — insistiu Hank.

Sean revirou os olhos ao ouvir a frase tão familiar.

— Duvido. Mas você pode me fazer um favor. Preciso de alguns minutos a sós com Deanna. Posso contar com você para mostrar o quartel a Ruby e Kevin?

— Quando foi que você não pôde contar comigo? — Hank fingiu-se indignado. — Por mais exasperante que seja a tarefa, não estou sempre disposto a realizá-la quando me pede?

Sean deu uma risadinha.

— Devo supor que a resposta seja sim, mesmo sendo esta uma daquelas tarefas exasperantes?

— Claro! — respondeu Hank, e depois acrescentou com uma polidez exagerada: — E obrigado por se lembrar de mim. Nós, do Departamento de Incêndio de Boston, estamos aqui para servir e proteger, sempre que somos chamados.

— Lembre-se disso quando estiver tentando passar uma cantada em Ruby — advertiu Sean, pensando no modo como a loira sexy chantageara o chefe de Deanna. — Algo me diz que ela será capaz de deixá-lo de joelhos se você passar dos limites.

Hank fez uma encenação como se estivesse desmaiando de êxtase.

— Isto está ficando cada vez melhor! Você sabe como adoro um desafio.

— Não faça com que eu me arrependa, Hank.

— Eu já o decepcionei?

Ah, pensou Sean, isso era verdade. Apesar das brincadeiras e de sua propensão a perseguir qualquer coisa que usasse saias, desde seu divórcio, Hank DiMartelli era o melhor amigo que um homem poderia ter. Não havia outra pessoa no departamento melhor que ele para se ter ao lado ao entrar em um inferno em fúria. Hank era destemido, leal e inteligente. Ganhava mais condecorações por bravura que qualquer outro no quartel, incluindo Sean.

Sean deu um soquinho amistoso no braço do amigo.

— Nunca — concordou. — Mas há uma primeira vez para tudo. No seu caso, é melhor que não seja esta.

O olhar de Hank se estreitou e sua expressão se tornou séria.

— Por que toda essa preocupação paternal com uma mulher que mal conhece e em quem não está interessado?

Sean não sabia ao certo.

— Ela é amiga de Deanna. — E aquilo era o mais próximo a que poderia chegar para resumir a explicação. — E algo me diz que Deanna ficaria muito aborrecida se achasse que eu estou atirando Ruby aos lobos, ou a um lobo em particular. As pessoas não costumam identificar suas melhores qualidades sob toda essa carapaça de tolices.

— Então, com certeza, vou me comportar direito — assegurou Hank. — Nem tentarei sentir a delícia de tocar aqueles seios maravilhosos.

Sean sorriu pela concessão.

— Tenho a impressão de que essa é a última coisa com que preciso me preocupar. Posso garantir que Ruby saberia lidar com alguém que não consegue manter as mãos paradas. Ela deve ter muita prática. Talvez você deva considerar conhecer a mente dela, primeiro.

— Com aquele corpo, ela tem uma mente? — Hank o encarou, incrédulo.

Sean torceu o nariz.

— Vá para o inferno...

Hank deu risada.

— Se eu for, quem irá mostrar o quartel à srta. Ruby e ao garoto, e tirá-los do seu pé, para que você possa seduzir a bela Deanna?

— Não se trata de sedução, e tenho certeza de que eu poderia fazer isso sozinho, se fosse necessário. Na verdade, mostrar-lhes o quartel seria a decisão mais inteligente que eu deveria tomar.

— Esqueça. Ruby é minha. Pode ficar com a mamãe de olhar vulnerável. Apenas mais uma pergunta. Pensei que esse fosse o tipo que você tendia a evitar como a peste. Então, o que há de diferente com essa Deanna? Como ela conseguiu atraí-lo?

Sean suspirou, sem sequer se preocupar em negar a afirmação de Hank de que Deanna o atraía.

— Eu também gostaria de saber.

A CAMINHADA até o quartel do corpo de bombeiros, a poucos quarteirões do prédio de Ruby, não demorou tanto quanto Deanna gostaria que tivesse demorado. Queria adiar aquele encontro com Sean Devaney o máximo possível; no entanto, com Kevin correndo à frente e exigindo que ela e Ruby se apressassem, chegaram em minutos.

Durante todo o trajeto, tentara se preparar para o impacto que o sexy bombeiro lhe causaria quando o visse pela segunda vez. Disse a si mesma que apreciar o corpo de um homem não era crime. Que, por certo, não era algo que exigia algum tipo de compromisso.

Ainda tentou tranquilizar-se, afirmando que não haveria mais borboletas em seu estômago quando o visse. Sem dúvida fora uma reação inusitada provocada pelas emoções agitadas no dia do incêndio. Talvez, na verdade, ele não passasse de um sapo.

Mas quando Sean surgiu na calçada, com seu jeans justo e a camiseta apertada, parecendo um comercial ambulante de testosterona, seus joelhos ficaram bambos mais uma vez. Deanna se viu forçada a encarar a possibilidade de não terem sido os destroços queimados de sua casa que drenaram todo o ar de seus pulmões naquele dia. Talvez estivesse, de modo inconsciente, procurando uma desculpa para cair nos braços poderosos daquele homem.

Ao seu lado, Ruby inspirou o ar com um ruído audível.

— Meu Deus, ele é tão lindo quanto eu recordava — murmurou, embora em um volume que Sean poderia facilmente ouvir.

— Pare com isso — disse Deanna, baixinho, corada. — Você está me envergonhando.

— Uma obra de arte dessa natureza é feita para ser apreciada. — Ruby sorriu, sem desviar o olhar de Sean, que caminhava na direção delas. — E se me disser que não concorda, então vou desistir de você e tentar outra chance com ele.

— Está bem, sim, eu concordo — admitiu Deanna. — Agora fique de boca fechada.

Ruby ignorou o pedido e se inclinou para sussurrar:

— Continuo a dizer que ele tem uma queda por você. Basta reparar em como os olhos dele brilham ao vê-la. Ele nem sequer olhou para mim.

— Deve ser porque ele sabe que você está falando sobre ele — respondeu, irritada.

Por sorte, Kevin correu à frente para se atirar nos braços de Sean. Deanna reparou que ele pegou o menino sem perder o passo e, após lançar um último olhar em sua direção, concentrou toda a atenção em Kevin.

A cena fez seu coração derreter. Gostava do fato de Sean dar importância ao que a criança falava. Ruby estava certa. Ele era um homem que entendia a necessidade desesperada de um menino por atenção. Era forçada a admitir que tratava-se de uma característica que poderia afetá-la, se ela permitisse.

Por estar demasiado abalada pela descoberta de que alguém poderia lhe causar aquele tipo de impacto, após anos de imunidade total ao segmento masculino da espécie humana, recorreu a uma polidez excessiva no momento em que Sean, por fim, as alcançou. Quando ele estendeu a mão, em vez de apertá-la, como ele obviamente esperava, Deanna colocou um envelope de dinheiro em sua palma.

— Agradeço muito pelo que fez por mim — disse, as palavras rígidas e formais, e não tão gratas quanto pretendia que soassem. — Aqui está a metade do que lhe devo. Devolverei o restante dentro de mais ou menos uma semana.

Sean fitou-a direto nos olhos.

— Certo. Bem, isso é algo sobre o qual devemos conversar.

Deanna pestanejou diante de seu tom sombrio.

— Como assim? — perguntou, notando que ele não colocou o envelope no bolso.

Na verdade, parecia ter a intenção de devolvê-lo a ela.

Sean não respondeu. Em vez disso, olhou para o interior do quartel e chamou:

— Ei, Hank!

O outro bombeiro parecia ser um ou dois anos mais velho. Suas feições rústicas não eram tão bonitas quanto as de Sean, mas Hank exalava uma segurança e um sorriso irreprimível que atrairia a maioria das mulheres.

— Que tal levar Kevin e sua amiga Ruby para conhecer o quartel, enquanto Deanna e eu conversamos? Nós os encontraremos dentro de poucos minutos.

O olhar apreciativo de Hank varreu Ruby, e sua expressão se iluminou. Deanna observou que a amiga parecia igualmente fascinada.

— Sem problema — disse Hank, depressa, então forçou sua atenção a se desviar para Kevin. — Você gosta mesmo de caminhões de bombeiros, hein, garoto?

— Pode apostar — respondeu Kevin, ansioso.

— Eu, por minha vez, já prefiro os homens que os dirigem — disse Ruby, olhando para Hank com uma sincera admiração.

Deanna reparou nos ombros largos do bombeiro, em seus olhos castanho-escuros e apenas uma sombra escura do cabelo cortado rente em sua cabeça. Definitivamente era o tipo da amiga.

Hank sorriu para Ruby.

— Sério?

Deanna sacudiu a cabeça quando os três se afastaram.

— Seu amigo é um homem corajoso. Ruby é uma amiga maravilhosa, mas muito volúvel. Tem o hábito de trocar de homem como quem troca de roupa, quando não correspondem aos seus ideais, e eles raramente correspondem.

Sean deu uma risadinha.

— Então acho que foram feitos um para o outro. Hank é um notório mulherengo.

Deanna lançou-lhe um olhar.

— Ele não é casado, é?

Sean parecia magoado com a pergunta.

— Lógico que não. Que tipo de pessoa acha que eu sou? E, mesmo que ele fosse, há algum mal em lhe pedir para mostrar o quartel a Ruby e Kevin? Isso não significa um compromisso.

— Desculpe. — Ela se apressou em dizer. — Eu exagerei. É que Ruby é muito mais vulnerável do que parece. A maioria dos homens não enxerga isso.

Sean olhou para os três, pensativo.

— É, eu imagino que não. A impressão que se tem dela é que está preparada para lidar com qualquer coisa.

— Quando suas defesas estão erguidas, sim — concordou Deanna.

— Mas ela costuma baixá-las com frequência e muito rápido? — adivinhou ele, surpreendendo-a com sua percepção.

— Exatamente.

Sean voltou-se para ela.

— Duvido que possa acontecer algo entre Ruby e Hank com Kevin como acompanhante.

Deanna assentiu com a cabeça.

— Você tem razão. E, a propósito, por que fez tanta questão de se livrar deles?

— Como eu disse, queria falar com você sobre essa história de dinheiro. — Ele estendeu o envelope. — Quero que leve isto de volta.

Os cabelos da nuca de Deanna imediatamente se eriçaram.

— Nem pensar. E não existe essa "história de dinheiro" — afirmou, alterada. — Você me fez um empréstimo, o que foi muito generoso da sua parte, por sinal, mas vou lhe devolver. É um negócio.

— Não assinamos promissórias de empréstimo, e não há comprovantes para incriminá-la se não me pagar. Eram apenas cem dólares, e não mil. Gostaria de ter podido lhe oferecer mais. Após o incêndio destruir tudo o que você possuía, pensei que alguns dólares extras pudessem ajudá-la a se recuperar, comprar alguns itens básicos. Com certeza não preciso que me devolva com tanta rapidez.

— Talvez em seu mundo cem dólares não seja muito, mas foi uma tábua de salvação para mim.

— É como vejo a coisa. Você está precisando do dinheiro agora. Eu não. E não vale a pena trabalhar até a exaustão só para me devolver.

Deanna gemeu. Agora entendia por que Sean estava se mostrando tão preocupado e protetor com ela.

— Ruby andou falando demais, não é? Disse que eu estava trabalhando feito louca?

— Ela mencionou dois empregos e horas extras. Isso é loucura, Deanna.

— Não creio que seja loucura eu querer começar de novo e sair do apartamento dela.

— Ruby está reclamando?

— Não, claro que não.

— Bem, então qual é a pressa?

— É uma questão de princípios.

— E os princípios valem mais que a felicidade do seu filho?

Deanna olhou para sua expressão rígida.

— Que tipo de pergunta é essa? — exigiu, irritada. — *Nada* é mais importante para mim que a felicidade e o bem-

-estar de Kevin. E que direito você tem de me questionar sobre isso? Nem me conhece direito.

Apesar da resposta afiada, Sean não recuou.

— De fato, mas posso enxergar o que está diante do meu nariz. Kevin precisa da mãe, e não de alguns dólares a mais para mantimentos.

— Talvez se você tivesse passado fome, pensasse diferente — retrucou ela.

— Eu passei. — Seu olhar firme confrontou o dela. — E cresci sem mãe. Estou aqui para lhe dizer que não há comparação. Eu passaria fome todas as noites da minha vida, se isso significasse ver minha mãe de novo.

Deanna sentiu como se ele tivesse lhe dado um soco na barriga. Mesmo sem maiores detalhes, aquela revelação era demasiado esclarecedora. Não era à toa que Sean vinha levando a sua situação para o lado pessoal.

— Sinto muito — disse depressa, abalada pela nota de dor na voz dele. — O que aconteceu? Ela morreu?

— Não — respondeu Sean, em um tom firme. — Ela e meu pai nos abandonaram, a mim e aos meus irmãos. Meu irmão Ryan tinha oito anos. Eu, seis. E Mikey, quatro. Pelo que sei, levaram os gêmeos, que tinham apenas dois anos, com eles. Nunca mais os vi.

— Ah, Deus, que horror! — Deanna tentava imaginar uma criança de seis anos tendo toda a família separada.

O que poderia ter levado seus pais a fazerem algo tão terrível? Será que não percebiam as cicatrizes emocionais permanentes que poderiam causar nos meninos que deixaram para trás?

Mesmo quando se encontrava na situação mais difícil de sua vida, com o filho chorando durante a noite toda, com cólica, e sem saber de onde viria a próxima refeição, nunca passou pela cabeça de Deanna afastar-se de Kevin. Ele era a sua razão para seguir adiante. Jamais permitiria que algo os separasse.

Começou a estender a mão para tocar-lhe o músculo tenso do braço, mas diante da aspereza de seu olhar, Deanna afastou-se antes que pudesse estabelecer contato.

— Eu lamento de verdade, Sean.

— Não preciso de sua piedade. Só lhe contei para que soubesse que estou falando com conhecimento de causa. Não deixe faltar ao seu filho o que de fato importa. — Ele empurrou o envelope de volta. — Fique com o dinheiro até que tenha de sobra.

Anos de orgulho persistente lhe diziam para recusar, mas o desespero que tomava conta dos olhos de Sean a fez ceder.

Deanna colocou o envelope de volta na bolsa. Ao mesmo tempo precisou lançar mão de toda sua força de vontade para não abraçar o homem de pé ao seu lado. Sean parecia tão perdido e vulnerável, como se a mãe o tivesse abandonado havia um dia, e não anos.

— Gostaria apenas que você entendesse que a situação de Kevin não é igual à sua — afirmou ela, com suavidade. — Jamais, nem em um milhão de anos, eu abandonaria o meu filho.

— Se ele quase nunca a vê, é a mesma coisa — insistiu Sean, ainda fazendo comparações com sua própria história.

— Eu amo meu filho.

— Tenho certeza disso. E até acredito que minha mãe me amasse também. O que não muda o fato de ter ido embora. — Ele a fitou com uma súbita ansiedade. — Por favor, pense no que estou dizendo. Eu era apenas um ano mais velho que Kevin quando meus pais me abandonaram. É algo que uma criança jamais supera.

— Vou pensar sobre isso. E não estou falando da boca para fora.

O olhar intenso de Sean aprisionou o dela. Por fim, ele fez um aceno de satisfação.

— Está bem, então. — Mas, como se temesse ter se aberto demais, sua expressão de repente se tornou inescrutável. — É melhor irmos encontrar Hank. Ele já deve estar preocupado, querendo saber o que houve conosco.

Deanna deu risada.

— Duvido que ele ou Ruby estejam mesmo sentindo a nossa falta.

Sean contraiu os lábios e, em seguida, um sorriso lento se espalhou pelo seu rosto. Nesse instante, os últimos vestígios de tensão entre os dois se dissiparam.

— Mais uma razão para alcançá-los. Podem acabar esquecendo que estão com um menino influenciável.

— Será que Kevin lhe passou a impressão de um menino que permite ser ignorado por muito tempo? Garanto que ele está azucrinando a cabeça de Hank com um milhão de perguntas sobre ser um bombeiro. Desde o dia do incêndio, só fala nisso. Se pudesse se inscrever na corporação agora, ele o faria.

Mal as palavras acabaram de sair de sua boca e a sirene de um dos caminhões soou com o seu lamento estridente.

— Uma chamada? — perguntou Deanna, preocupada, olhando ao redor à procura dos homens correndo para assumir seus postos.

— Não. Acho que foi apenas Hank mostrando para Kevin como ligar a sirene — respondeu ele, abrindo caminho em direção ao caminhão em uma ala próxima.

Contudo, em vez de Kevin, quem se encontrava no banco do motorista era Ruby. O menino, sentado ao seu lado, ria.

— Eu disse que eles iam ouvir. — A criança apontou para a mãe e Sean quando os viu se aproximar. — Posso fazer isso agora?

Hank virou-se e piscou para eles. Em seguida, voltou a olhar para Ruby.

— Se Ruby estiver disposta a lhe ceder a vez, vá em frente, garoto.

Ruby não se moveu.

— Não sei... Eu meio que gosto de ficar aqui em cima. E entendo por que vocês, rapazes, adoram esse tipo de coisa.

— Não é dirigir o caminhão que nos dá satisfação — explicou Hank, paciente.

Ruby o fitou com ar de dúvida.

— Vai me dizer que não sentem um prazer viril em fazer todo aquele barulho, rasgando as ruas?

— Eu nunca disse isso. Mas fazemos barulho rasgando as ruas para chegar mais rápido ao local do incêndio. Não é uma brincadeira. Estamos tentando salvar vidas e propriedades.

Ruby concordou, com um ar solene.

— Então é o perigo? Gostam de colocar suas vidas em risco?

— Não é bem assim. Não arriscamos nossas vidas por diversão — respondeu Hank, a expressão sorridente de repente se fechando.

— Portanto, é pela emoção — corrigiu Ruby.

Hank a encarou em óbvia exasperação.

— É pelo trabalho. Se o desempenharmos direito, haverá muito pouco risco envolvido.

Ruby sorriu.

— Quer dizer que todas aquelas medalhas por bravura que você mencionou, na verdade não são merecidas?

— Xi... — murmurou Sean, e se virou para Deanna. — Quer chamar Kevin e sair para tomar um refrigerante ou algo assim? Meu turno terminou, e tenho um palpite de que esses dois vão discutir esse assunto por um bom tempo. Ruby está provocando Hank de propósito. A esposa o deixou porque achava que ele era um viciado em perigo.

— Ai! — disse Deanna. — Talvez seja melhor eu adverti-la.

Sean abanou a cabeça.

— Não faça isso. A ex dele tinha razão, e Ruby também. Hank precisa se lembrar disso de vez em quando. — Seu olhar encontrou o dela. — Então, que tal um refrigerante?

Deanna sabia que a coisa mais inteligente a fazer seria recusar, mas não conseguia se forçar a dizer as palavras. Desse modo, apenas fez que sim com a cabeça e acrescentou:

— Mas você não vai conseguir tirar Kevin daqui até ele poder ligar a sirene.

— Bem lembrado. — Sean subiu no lado oposto do caminhão, sussurrou algo para o garoto e o ajudou a alcançar o botão para ligar a sirene.

Ruby parecia um tanto assustada, mas não desviou o olhar de Hank. Ele também estava fascinado, apesar de sua aparente frustração com o rumo que a conversa tomara.

— Estamos indo embora — anunciou Deanna.

— E eu com isso? — respondeu Ruby.

— Eu a levo para casa — afirmou Hank, distraído.

— Sou perfeitamente capaz de chegar em casa sozinha — disparou Ruby de volta. — Cheguei até aqui, não cheguei?

Hank dirigiu um olhar perplexo a Sean.

— Minha oferta foi um insulto? Achei que estava sendo cavalheiro.

— Não pergunte a mim — respondeu Sean. — Todo mundo sabe que não entendo as mulheres. Você é o perito.

— Ah! — murmurou Ruby.

— Eu ouvi isso. — Hank arqueou uma sobrancelha.

— Eu falei para você ouvir — disse ela.

Sean deu uma risadinha.

— Certo, crianças, continuem brincando. Os adultos estão de saída.

Erguendo Kevin nos braços, colocou a criança sobre os ombros e, em seguida, acenou para Deanna.

— Vamos embora antes de sermos atingidos no fogo cruzado.

— Não estou entendendo — comentou Kevin. — Ruby adora rapazes. Como está brigando com Hank desde que chegamos aqui? Ela mal o conhece.

— Às vezes, as pessoas simplesmente não se dão bem — explicou Deanna.

— Então por que ela quer ficar aqui em vez de ir com a gente?

O divertimento cintilava nos olhos de Sean, que não se conteve em provocar Deanna:

— É mesmo... Por quê?

Deanna franziu a testa diante da referência óbvia à escaldante química sexual entre seus amigos.

— Suponho que não exista uma explicação adequada para uma criança de cinco anos, não é?

— Como assim? — perguntou Kevin.

— Você vai entender quando for mais velho, amiguinho. — Sean piscou para Deanna.

— Mas eu preciso saber agora — insistiu o menino. — Minha professora diz que você tem que perguntar se quiser aprender as coisas.

— É difícil argumentar com uma professora — concordou Sean. — Deanna? Importa-se de tentar?

Ela franziu a testa.

— Ruby vai ficar, porque ela quer, filho. — E esperava ser o tipo de explicação simples que até mesmo uma criança de cinco anos pudesse compreender e aceitar.

— Mas por quê? — O garoto olhou para trás em direção a Ruby. — Veja. Eles ainda estão discutindo. Qual a graça disso?

— Algumas pessoas acham que uma boa discussão é estimulante. — Foi a vez de Sean explicar. Era evidente que se esforçava para sufocar o riso.

Deanna o fitou, exasperada. Ele parecia claramente desfrutar do seu desconforto com o assunto.

— Gostaria de descobrir se estamos entre essas pessoas? — indagou, irritada.

Sean não conteve o riso.

— Não. Sou o tipo de cara avesso a confrontos.

Kevin olhou curioso para os dois.

— Eu ainda não entendo... — Mas sua expressão se iluminou ao chegarem a uma lanchonete, com um bar à moda antiga, onde se serviam drinques e sorvetes. — Posso tomar um milk-shake de chocolate?

Deanna o deixaria tomar o que quisesse, desde que lhe desviasse a mente do jogo paralelo entre Hank e Ruby, que, evidentemente, estaria evoluindo para algum tipo de desfecho sexual durante a noite.

— Está bem — concordou ela.

— E quanto a você? — perguntou Sean, fitando-a com um contínuo divertimento. — Algo agradável e inofensivo, como uma casquinha de baunilha?

Era óbvio que a provocava. De imediato, uma imagem de sua língua lambendo o sorvete, de modo lento e provocante, apenas para atormentá-lo, lhe ocorreu.

— Sim. Uma casquinha seria ótimo.

Os três se sentaram nos bancos do balcão, com Kevin estrategicamente posicionado entre os dois.

Sean pediu dois milk-shakes e a casquinha de baunilha.

Quando o pedido chegou, Deanna girou o banquinho, até ficar de frente para Sean. Ele acabava de responder a algo que Kevin perguntara, quando a viu passar a língua de modo sensual em volta do sorvete. Sean congelou, fitando-a com um olhar intenso. Prazer e uma pitada de algo bem mais perigoso irradiaram pelo corpo dela.

Quanto tempo se passara desde que Deanna experimentara aquele tipo de poder sobre um homem? Quanto tempo fazia que seu sangue não fervia sob a intensidade de um olhar? Fazia bastante tempo, pelo visto, porque o pânico logo a dominou.

O que estava fazendo? Estaria ficando louca? Não costumava lançar mão daquele tipo de jogo. Isso era a especialidade de Ruby. Deanna nem sequer entendia metade das regras.

— Mãe!

O tom urgente de Kevin interrompeu-lhe os pensamentos.

— O quê?

— Seu sorvete está derretendo — disse o menino.

Não era de admirar, pensou ela, já que sua temperatura se elevara até a estratosfera nos últimos dois minutos. Em vez de lamber a casquinha, como havia feito poucos minutos atrás, Deanna pegou um guardanapo e limpou as gotas, tentando não notar a expressão astuta no rosto de Sean.

— Noite quente — observou ele, com suavidade.

— Sim — concordou Deanna, com a voz estranha e irritantemente trêmula.

Kevin olhou de um para o outro, depois sacudiu a cabeça.

— Vocês dois estão tão esquisitos quanto Ruby e Hank.

Deanna receou que o filho estivesse certo.

Capítulo Quatro

SEAN SE perguntou o que o fez pensar que Deanna era inocente como um cordeirinho. Ela era uma sedutora, talvez até mais perigosa que a inigualável Ruby, porque sua tentativa de sedução veio de forma inesperada.

Desde que a vira fazer aquele joguinho com o sorvete, a imagem não lhe saíra mais da cabeça. Certo, Deanna pareceu um pouco abalada com o episódio e recuou quase instantaneamente, mas com certeza tinha ciência do que fazia quando o fitou nos olhos e passou a língua bem devagar pelo sorvete derretendo. Mesmo agora, só de pensar naquilo ficava excitado.

Vinha praticando exercícios na academia com muito vigor em seus dias de folga, mas não aliviara um milésimo da tensão sexual que sentia.

Havia apenas uma maneira infalível de lidar com aquilo, mas a simples ideia de sair com outra mulher com o intuito de usá-la para esquecer Deanna era desprezível demais até mesmo para ser considerada. Nunca se comportara como um idiota quando o assunto era mulheres, não importava o quão dispostas se mostravam em aceitar qualquer coisa que ele estivesse interessado em lhes oferecer.

Vinha evitando Hank nos últimos dois dias, também. Não queria ouvir falar sobre nenhuma conquista que envolvesse Ruby. Em parte, por algum sentimento ridículo de lealdade a Deanna e à sua amiga e, em parte, por si mesmo. Ficar a par das aventuras sexuais de Hank só o faria se lembrar da sua solidão autoimposta.

Além do mais, não estava preparado para o tipo de perguntas curiosas que Hank, por certo, lhe faria sobre ele e Deanna. Não que houvesse algo a dizer.

Sean terminou o treino, tomou um banho, vestiu a confortável calça jeans e uma camiseta cinza com o logotipo do departamento. Já pensava na pizza que ia comer enquanto assistia ao jogo do Red Sox, quando se deparou com Hank passando pela porta da academia. Seu parceiro tinha a barba por fazer e parecia não dormir havia dias. O cabelo recém-crescido também alcançara um tamanho maior do que ele normalmente permitia que chegasse.

— Ei — disse Sean, estudando-o, preocupado. — O que há com você? Está horrível.

— Não tenho dormido direito — murmurou Hank, evitando fitá-lo nos olhos.

Sean tinha quase certeza de que sabia o porquê. Ruby, sem dúvida. Droga, apenas por uma vez, será que Hank não podia se comportar de uma forma menos previsível, talvez mostrando a Ruby um pouco de respeito em vez de saltar sobre ela na primeira oportunidade?

— Sim, bem, isso nunca foi um problema antes — disse ele, tomando cuidado para evitar qualquer menção sobre suas suspeitas.

— Nunca vivenciei uma situação como essa antes — explicou Hank, sombrio, em vez de entusiasmado. — Olha, preciso entrar e malhar por algumas horas. Quem sabe, se ficar bastante exausto, consiga dormir um pouco...

— Nada de encontros hoje à noite?

— Não — respondeu o amigo, em um tom que não deixava espaço para mais perguntas.

— Quer assistir ao jogo comigo, quando tiver terminado? — convidou Sean. — Vou pedir uma pizza. E até posso mandar colocar aliche na sua parte.

Hank encolheu os ombros, sem entusiasmo.

— Claro. Por que não? Vou encurtar o tempo aqui e estarei lá às sete e meia. — Seu olhar se estreitou. — Mas nada de perguntas curiosas. Entendido?

Sean reprimiu a decepção, mas confirmou com a cabeça. Já que ele mesmo não estava tão interessado em perguntar e Hank muito menos em contar, não podia reclamar da restrição.

— Até mais tarde, então — disse, vendo o amigo se arrastar para o interior de academia com toda a energia e entusiasmo de um homem caminhando em direção à forca.

Algo estava errado, mas Sean não sabia o quê. Todavia, ante o decreto do amigo sobre não fazer perguntas e sua própria determinação em não falar sobre Ruby com Hank, não havia como descobrir.

Pensou sobre todas as possíveis explicações para o humor de Hank durante o caminho de volta para o seu apartamento. Não importava, porém, ponderar sobre as mais diversas razões, pois, por fim, acabava retornando a Ruby.

Claro, havia uma maneira sutil de obter algumas respostas, concluiu, pegando o telefone, antes que pudesse mudar de ideia. Afinal, ele não devia ao amigo pelo menos um esforço para tentar identificar o problema? Na verdade, sim, decidiu nobremente. Precisava fazer aquela ligação.

Ao ouvir a voz de Deanna, sua boca ficou seca. O que é que havia de errado com ele? Nenhuma mulher jamais lhe rendera uma língua presa antes.

— Ah, Deanna, sou eu, Sean...

— Oi. Como vai? — Ela nem sequer soou surpresa ao ouvi-lo, e muito menos abalada pelo som de sua voz.

— Tudo bem. Muito bem. E você? — indagou, irritado.

— Tudo em ordem.

— E o Kevin?

— Ele está ótimo.

Sean quase grunhiu. Aquilo poderia ser mais estranho? Não podia imaginar como.

— Olha, eu queria lhe fazer uma pergunta. Talvez não seja da minha conta, mas tenho que admitir que estou um pouco preocupado.

— Com o quê?

— Com Hank. — Ele deixou escapar, antes que pudesse pensar melhor sobre o assunto.

— O que tem ele?

— Será que Hank está saindo com a Ruby desde aquele dia no quartel?

— Por que não pergunta a ele?

É, por que, Sherlock?

— Porque estou perguntando a você — respondeu, incapaz de disfarçar a nota de impaciência.

— Eu não me sinto à vontade para discutir a vida amorosa de Ruby com você.

Sean não podia culpá-la. Sabia muito bem, quando pegou o telefone, que estava ultrapassando os limites e pedindo a Deanna para fazer o mesmo.

— É que eu estou mesmo preocupado. Nunca o vi assim antes.

— Assim como?

— Não sei explicar. Encontrei-o na academia mais ou menos uma hora e meia atrás. Ele nem parece o mesmo. Sua aparência é de alguém que participou de uma tremenda farra por dois dias consecutivos, se quer saber a verdade, mas Hank não bebe mais que uma cerveja ocasional. Então sei que não foi isso.

— Você está mesmo preocupado, não é? — perguntou, parecendo surpresa.

— Sim, estou. Ocorreu-me que talvez tivesse algo a ver com Ruby e, se fosse isso, você saberia algo a respeito.

— A verdade é que não sei o que há entre eles — admitiu Deanna, manifestando a própria frustração. — Ruby não comentou muito sobre aquela noite. Ela sai assim que eu chego em casa e volta tarde da noite, mas não diz com quem esteve. Não gosto de me intrometer na vida dela. Normalmente, não preciso. Ruby sempre se abre comigo.

— E Hank, comigo.

— Sean, ambos são adultos — disse, soando razoável. — Tenho certeza de que podem lidar com o que está acontecendo entre eles, sem nenhuma interferência de nossa parte.

Ele hesitou.

— Não acha que talvez devêssemos nos unir, para ver se conseguimos descobrir o que está havendo? São nossos amigos, afinal, e praticamente jogamos um nos braços do outro.

Deanna achou graça.

— Por favor... Aqueles dois se atraíram como ímãs. Não são responsabilidade nossa. Mas devo dizer que estou impressionada com sua preocupação.

As palavras ecoaram, irritando-o. *Impressionada com sua preocupação.* Ora, não era o elogio mais sem graça que uma mulher já lhe fizera? Sentiu-se absurdamente ofendido, apesar da sinceridade que transparecia na voz dela.

Sean suspirou. Que reação esperava? Achava que aquela desculpa ridícula que inventara apenas para ter o prazer de ouvi-la fosse detonar todos os tipos de sinos que a fariam pular em cima dele?

Talvez devesse mudar de assunto e se concentrar nela.

— Certo, vamos esquecer Hank e Ruby, por ora. E você? Não está se matando de trabalhar, está?

— Isso vai depender da pessoa a quem você perguntar — respondeu, irônica.

Sean podia perceber o divertimento dela.

— Que tal eu perguntar a Ruby?

— Achei que havia concordado em deixar Ruby fora desta conversa.

Ele riu.

— Ah, então ela diria que você ainda está trabalhando demais, não é?

— É bem provável — admitiu Deanna.

— Você chegou em casa mais cedo hoje.

— Joey insistiu. Desconfio de que Ruby o andou importunando outra vez. Sinceramente, não sei o que ela faz, mas se eu descobrir, vou pôr um fim nisso. — Ela balançou a cabeça, irritada.

— Parabéns para Ruby — disse ele, entusiasmado. — Fale-me sobre esse restaurante. É um lugar agradável?

— O cardápio é farto e variado. Na realidade, o bolo de carne não é ruim. E todos parecem amar o espaguete especial.

Sean aproveitou a oportunidade quando ela mencionou seu prato favorito.

— Em que noite servem? Eu amo espaguete. O da minha mãe era o mais gostoso do mundo — comentou, com uma nota de melancolia na voz.

Havia poucas coisas que conseguiam remetê-lo à infância. Espaguete era uma delas. Por ironia, a primeira vez que fora ao restaurante do irmão, Sean percebeu que não havia espaguete no cardápio. Claro, a especialidade era comida irlandesa, mas ainda assim, espaguete praticamente se tornara um item do menu universal. Ryan alegara que não constava no cardápio porque ele odiava. E também jurou não lembrar que a mãe deles preparava esse prato. Ou Ryan mentira ou apagara a lembrança da mente. Já que o próprio Sean também fizera isso inúmeras vezes, nada comentou.

— Você ainda se lembra do espaguete da sua mãe? — A voz de Deanna se tornou suave de repente.

— Sim. Ridículo, não é? Afinal, esqueci quase tudo sobre aqueles primeiros anos da minha infância. Mas quando se trata de espaguete... bem, nunca comi outro melhor.

— Nesse caso, passe lá qualquer dia e experimente o de Joey. É a noite especial às quintas-feiras.

Sean pensou nos horários em sua agenda.

— Estarei de plantão na quinta-feira, mas talvez eu possa falar com os colegas para darmos um pulinho até lá.

— Vocês podem sair do quartel?

— Contanto que todos levem o rádio. Temos que estar a postos para agir, se houver uma chamada.

— Bem, é provável que encontre Ruby e Kevin. É a noite favorita dos dois, também.

— Imagine se eu disser isso a Hank. Ninguém será capaz de nos manter longe de lá.

— A não ser que eles tenham brigado. — Deanna pareceu pensativa. — Isso pode ter acontecido.

— Então será um modo de descobrirmos — afirmou Sean. — Hank virá para cá daqui a pouco. Vou comentar sobre a noite especial de quinta-feira.

— Está bem. Talvez eu o veja na quinta.

— Boa noite, Deanna.

— Até mais.

Sean desligou o telefone e continuou a olhá-lo, como se de alguma forma o aparelho ainda os mantivesse conectados. Era uma sensação estranha, que não o deixava especialmente feliz. Fazia muito tempo, décadas na verdade, desde que permitira se sentir conectado a alguém.

Desde que voltara a se relacionar com o irmão, sentia um vínculo renovado com Ryan, embora ainda fosse um pouco desajeitado. E ele e Hank eram muito próximos, mas só. Até mesmo a ligação com os pais adotivos era tênue. Sean ainda via os Forrester de tempos em tempos, mas por se tratar de uma dívida de gratidão, dizia a si mesmo, não por nutrir algum sentimento por eles. O fato de parecer haver algum tipo de atração invisível entre ele e uma mulher que mal conhecia era desconcertante.

Tentou rejeitá-la, mas sabia que só estava mentindo para si mesmo. Por que outro motivo teria ligado para Deanna, em primeiro lugar? Não tinha por hábito bisbilhotar a vida do amigo às escondidas. Isso fora uma desculpa, pura e simples, projetada para deixá-lo livre de armadilhas emocionais. Poderia tentar se convencer de que o telefonema não tinha nada a ver com uma necessidade ridiculamente feroz de ouvir o som da voz de Deanna.

Mentira, tudo mentira. Cheio de desprezo por si mesmo e pelo ardil lamentável, forçou-se a encarar os fatos. Sentia-se atraído por Deanna Blackwell. Não deveria. Era completamente imprudente e fora de contexto, mas era verdade. Gostava dela. Gostava do filho dela. E preocupava-se com os dois. Deanna precisava de um amigo, concluiu. Certo, ela já tinha Ruby. Mas quem não gostaria de contar com mais um amigo? E poderia muito bem ser ele. Assim, levaria Kevin para passear de vez em quando, como uma espécie de irmão mais velho. Não precisava passar disso. Não permitiria que passasse.

Satisfeito com sua decisão, ligou e pediu a pizza. Mas enquanto esperava Hank e a comida chegarem, pensou na combustão espontânea que Deanna lhe provocara naquela noite apenas lambendo um sorvete de casquinha e fitando-o nos olhos.

Amizade? *Isso* era tudo em que estava interessado? Sim, certo. As mentiras só continuavam a se acumular.

— Deixarei Kevin no Joey por volta das seis e meia da noite e depois vou sair — disse Ruby, em um tom casual, enquanto ela e Deanna tomavam o café na quinta-feira de manhã.

De imediato, desconfiada, Deanna olhou para a amiga.

— Não ficará para jantar? Achei que passasse a semana inteira ansiosa para comer o espaguete de Joey.

Ruby deu de ombros.

— Não estou com vontade de comer espaguete.

— E às sete da manhã você sabe como estará se sentindo doze horas depois?

— Sei. Tenho certeza de que não mudarei de ideia. Estou pensando em cortar massa da minha dieta por uns tempos. É muito carboidrato.

Deanna a estudou com atenção.

— Essa decisão não teria nada a ver com o fato de eu haver mencionado que Hank e Sean podem passar por lá, não é?

— Que importância isso teria para mim? — Ruby olhava para os cereais como se nunca tivesse visto um floco antes.

— É o que eu gostaria de saber.

— Deixe isso para lá. — Ruby se levantou e despejou a tigela de cereais na lata de lixo. — Tenho que ir trabalhar.

Já que o trabalho de Ruby era apenas meio expediente no mesmo escritório de advocacia onde Deanna trabalhava durante o dia como recepcionista, algo ali estava errado. Podia deixar para lá, mas não era essa a sua natureza. Não costumava se intrometer na vida amorosa da amiga, porém, percebia quando ela estava se comportando de modo estranho.

— Nunca saímos de casa antes das sete e meia — ressaltou Deanna. — Temos que estar no escritório às oito. Não levamos nem cinco minutos a pé daqui até lá. Qual é a pressa? Está tentando evitar falar comigo?

Ruby não a encarou.

— Estou substituindo Cassandra esta semana, lembra?

— E daí?

— Tenho uma pilha de documentos para digitar. Não sou tão rápida quanto ela, e ainda preciso sair para estar em casa quando Kevin chegar aqui depois da escola.

Deanna estreitou o olhar com a menção ao nome de seu filho.

— Tomar conta de Kevin está lhe causando problemas?

— Lógico que não! — respondeu Ruby, encarando-a indignada. — Nem pense uma coisa dessas. Sabe que eu amo esse menino como se fosse meu. Caramba, ajudo-a a cuidar dele desde o dia em que nasceu.

— Bem, algo está errado. — Deanna a estudava, muito pensativa. Então decidiu romper o silêncio e lançar suas suspeitas sobre a mesa: — Você não é a mesma há dias, desde a noite em que conheceu Hank no quartel de bombeiros.

— Uma coisa não tem nada a ver com a outra — insistiu Ruby, a mandíbula rija de modo obstinado.

Deanna não acreditava, mas não podia lhe arrancar a verdade à força, se ela não estava disposta a compartilhá-la.

— Tudo bem, Ruby. Vou deixá-la sair agora, mas com uma condição.

— Tudo o que quiser, contanto que me deixe em paz.

— Que você vá jantar esta noite no Joey.

— Ah, não! — protestou Ruby.

Deanna se manteve firme.

— É isso aí. Esta é a minha condição. Caso contrário, você nunca será capaz de me convencer de que Hank não tem nada a ver com esse seu humor estranho.

Algo que poderia ter sido um pequeno lampejo de alívio cruzou o rosto de Ruby, e em seguida deu lugar a um ar de resignação.

— Certo, certo. Nossa, você é tão insistente.

Deanna sorriu.

— Eu deveria ser. Afinal, aprendi com a melhor de todas.

Ruby balançou a cabeça.

— Pois é, eu deveria ter guardado essa lição só para mim.

SEAN E outros cinco bombeiros uniformizados entraram no restaurante italiano de Joey por volta das seis da noite.

Deanna, que saía da cozinha com um pedido quando eles passaram pela porta, ouviu o grito de alegria do filho, mas não reparou que o menino corria pelo salão em direção a Sean. No pique, a criança a atingiu com força, desequilibrando-a e inclinando perigosamente a bandeja com o espaguete dos clientes.

— Nossa! — exclamou Sean, resgatando a bandeja no ar e conseguindo manter Deanna em pé ao mesmo tempo. Ele a olhou nos olhos. — Você está bem?

Deanna fitou os olhos azuis brilhantes e sentiu os joelhos fraquejarem outra vez.

— Ter você por perto para me socorrer está começando a virar um hábito — disse ela e, em seguida, virou-se para o filho e o repreendeu: — Kevin, você sabe que tem que prestar atenção por onde anda quando está aqui.

— Desculpe, mãe... — murmurou o menino. — Não vi você. Fiquei feliz quando Sean chegou.

Deanna podia compreender aquele sentimento. Uma parte dela não esperava que Sean realmente aparecesse; não porque talvez mudasse de ideia, mas pela imprevisibilidade de seu trabalho.

— Deverá vagar uma mesa para seis em um minuto. — Ela tentou tomar a bandeja das mãos dele. — Deixe-me servir este pedido, e assim que a mesa desocupar, vou limpá-la para vocês.

Sean não lhe entregou a bandeja.

— Onde quer deixar isto? Pesa uma tonelada.

— Já estou acostumada — protestou Deanna.

O olhar obstinado dele entrou em confronto com o dela.

— Onde?

Deanna encolheu os ombros e fez um gesto em direção a um local do outro lado do salão.

— Lá, na mesa do canto. Kevin, volte para seu lugar, antes que cause um acidente.

O menino a encarou, decepcionado.

— Mas, mãe...

— Irei até lá falar com você antes de ir embora — prometeu Sean. — Se sua mãe concordar, você poderá vir comer a sobremesa comigo e os rapazes.

Os olhos de Kevin se iluminaram.

— Sério? E você vai me contar tudo sobre o combate a incêndios? Quero ser bombeiro quando crescer, por isso preciso começar a aprender coisas.

Aquela não era a primeira vez que Deanna ouvia os planos de carreira do filho, mas desejava saber como Sean iria reagir àquela idolatria ostensiva de Kevin. Ao olhar para ele, percebeu que não precisava se preocupar. Sean sorriu e garantiu ao garoto que ele poderia perguntar o que quisesse, e os últimos vestígios da cara emburrada do menino de imediato desapareceram.

Deanna tinha de admitir que Sean sabia lidar com seu filho. Ainda equilibrando a pesada bandeja em uma das mãos, ele bagunçou o cabelo de Kevin com a outra.

— Faça o que sua mãe está mandando. Preciso deixar esta bandeja onde ela quer, antes que eu tenha um desconto no meu salário.

A criança deu uma risadinha.

— Você não trabalha aqui.

— Não, é verdade — concordou Sean. — Mas é sempre bom um homem ajudar uma mulher, mesmo quando ela acha que não precisa de ajuda.

Deanna captou a mensagem sutil sobre sua veia de independência. Não disse uma palavra enquanto Sean levava a bandeja para o lado oposto do salão. Ela observou que vários olhares fascinados seguiram seu curso. Bem consciente de como os idosos habituais se interessavam pela sua vida amorosa, sabia que ia ouvir sobre o incidente pelos próximos dias.

— Agora pode deixar comigo — pediu ela, quando ele pousou a bandeja.

Sean analisou os vários pratos do espaguete especial e piscou para a senhora idosa mais próxima a ele.

— Imagino que isto seja seu. — E, em seguida, inclinou-se para sussurrar: — Ela acha que não sei o que estou fazendo, portanto, me ajude aqui, está bem?

A sra. Wiley sorriu.

— Menina tola... — comentou a mulher, provocando Deanna. — Não sei o que ela tem na cabeça, recusando o auxílio de um bombeiro grande e forte. Pode colocar o prato aqui, meu jovem.

Deanna ficou um pouco atrás, enquanto ele servia as quatro mulheres, que riam de suas brincadeiras como se fossem trinta anos mais jovens.

Quando todas estavam servidas, Sean recuou e examinou os resultados com evidente orgulho.

— Nada mau, hein? Não derramei uma gota.

— Só tem um problema — observou Deanna, mal contendo o riso. — Estes jantares eram destinados àquela mesa lá.

Ela fez um gesto em direção a dois casais que assistiam à cena a uma mesa próxima. Três das quatro pessoas pareciam estar se divertindo, mas a quarta mostrava-se prestes a ter um ataque.

A sra. Wiley afagou a mão de Sean.

— Oh, não ligue para eles, meu jovem. Você fez um bom trabalho. Vamos enviar-lhes uma garrafa de vinho da casa, e assim não irão reclamar.

Sean parecia decepcionado.

— Eu pago o vinho — disse, voltando-se para o outro grupo. — Desculpem-me. Estava tentando ser útil.

Surpreendentemente, o sr. Horner, que costumava se queixar de tudo, apenas deu de ombros, com a raiva neutralizada.

— Desde que não queira uma boa gorjeta, creio que podemos esperar.

Sean fez uma careta e virou-se para Deanna.

— Desculpe-me.

Ela ficou tentada a fazê-lo sentir-se culpado, mas Sean já parecia infeliz o suficiente.

— Ele é um chato — murmurou. — E, a propósito, creio que Joey já arrumou aquela mesa para vocês. É melhor ir para lá e se sentar, Sean, antes que eu perca todas as minhas gorjetas da noite.

Sean retirou-se e foi em direção à mesa, onde os demais bombeiros já haviam se acomodado. De modo deliberado, Deanna os encaminhara para uma mesa que não fazia parte das suas, pretendendo escapar do olhar vigilante de Sean. Delegou a tarefa de servi-los a Adele. Ainda não havia nascido o cliente capaz de fazê-la corar.

A tática foi apenas em parte bem-sucedida. Deanna ainda se sentia observada pelo olhar dele ao caminhar por entre as mesas, brincando com os clientes, levando os pedidos à cozinha frenética e ajudando a limpar mesas para a fila de clientes que aguardavam para se acomodar.

Deanna se manteve tão ocupada por horas que estava apenas vagamente consciente de que os bombeiros não pareciam com muita pressa de ir embora. Hank havia escapado de sua mesa e se unido a Ruby, trocando de lugar com Kevin, que se deleitava com a atenção de Sean e dos outros rapazes, incrivelmente pacientes com sua interminável enxurrada de perguntas.

Por volta das oito da noite, a clientela, por fim, começou a se diluir. Os que restavam se deliciavam com o café e o tradicional chocolate de Joey. Ciente de que tudo no salão de jantar se achava sob controle no momento, Deanna sentou-se em um banquinho na cozinha e tirou os sapatos, com um suspiro de prazer.

— Está na hora de fazer uma pausa — disse Sean, surgindo a seu lado, o rosto tomado por uma expressão fechada. — Você já comeu?

— Comi algo, mais cedo.

— Mais cedo quando? — perguntou, com puro ceticismo. — Na hora do almoço?

— Na verdade, devorei uma salada não mais do que vinte minutos atrás.

O prestativo cozinheiro intrometeu-se na conversa:

— Ou seja, ela comeu uma cenoura ao passar pela cozinha.

Deanna fez uma careta para Victor, que olhava Sean com franca admiração.

— Traidor! — acusou ela.

Victor sorriu.

— Entre você e o seu amigo lindo, de que lado acha que eu ficaria?

Deanna riu quando Sean olhou para Victor, nervoso.

— Não entre em pânico — aconselhou ela. — Ele é quase tão inofensivo quanto Ruby. E também tem um longo relacionamento com o mesmo homem há anos.

— É bom saber. Agora, voltemos a você. Precisa se alimentar, Deanna. Victor, você pode servir algo para ela?

Deanna se irritou com o tom autoritário.

— *Se* eu quiser algo para comer, o que não quero, posso eu mesma me virar. Sozinha. Victor não precisa me servir.

Sean fez um ar de desagrado.

— Não seja teimosa. Você está com fome.

— Sean, cuido de mim e do meu filho há anos. Nenhum de nós dois está desnutrido. Isso não lhe diz alguma coisa?

Victor olhou da mandíbula tensa de Sean para a expressão contrafeita de Deanna, e de imediato se dirigiu à porta.

— Acho que vou pedir a Joey para me fazer um cappuccino. Vocês dois, decidam se quiserem alguma coisa e se sirvam.

— Nós não queremos nada — afirmou Deanna, categórica. Assim que ficaram a sós, ela se voltou para Sean. — O que pensa que está fazendo entrando no meu local de trabalho e me dando ordens?

Sean parecia confuso com aquela reação exagerada.

— Tudo o que fiz foi sugerir que comesse algo.

— Sugerir? Não foi o que ouvi. Você praticamente queria me obrigar a comer. Não entendo. Por acaso meus hábitos alimentares são da sua conta?

Sean enfiou as mãos nos bolsos e recuou um passo.

— Certo, tem razão. Não são.

— Então, o que está acontecendo?

— Alguém precisa cuidar de você.

— Alguém *o faz*. Eu. É assim que tem sido até agora.

— Bem, perdoe-me por me preocupar — retrucou ele, defendendo-se.

Deanna foi pega de surpresa pela escolha de palavras de Sean e a expressão em seu rosto. A impressão que teve foi de que ele odiava o modo como agia quase tanto quanto ela.

Reprimindo a irritação, Deanna esforçou-se para manter a voz controlada:

— Sean, o que está acontecendo?

— Droga, não sei! É óbvio que você não quer que eu interfira em sua vida. E eu não quero interferir, mas aqui estou.

— Não lhe pedi que viesse aqui esta noite. A ideia foi sua.

Sean franziu o cenho.

— Acha que não sei disso?

— Portanto, do que se trata? — Deanna olhou para os seus olhos azuis e viu evidências da luta interna que ele travava consigo mesmo. E suavizou a voz: — Sean?

Seus olhares se prenderam pelo que pareceu ser uma eternidade. Deanna podia ouvir o tique-taque do relógio na parede da cozinha, os ruídos dos frigoríficos, o tilintar na máquina automática de fazer gelo.

— Ah, mas que droga! — murmurou ele, caminhando até ela e beijando-lhe a boca com paixão.

Deanna foi pega de surpresa. O beijo era a última coisa que esperava, quando Sean parecia tão irritado com ela e consigo mesmo. Ele lhe tomou os lábios com uma combinação explosiva de calor e desejo que fez sua respiração ficar presa no fundo da garganta e seus sentidos girarem loucamente.

Então, de modo quase tão inesperado quanto começara, o beijo terminou. Sean passou a mão pelo cabelo com um gesto impaciente e fitou-a com pesar.

— Sinto muito — disse, virando-se e saindo, antes que ela pudesse raciocinar para responder.

Deanna ficou olhando para Sean, desejando saber a que se devia aquele pedido de desculpas... À discussão ou ao beijo?

Esperava que não fosse pelo beijo, pensou, com a mente turbulenta, tocando os lábios com um dedo trêmulo. Fazia muito, muito tempo que nenhum homem a beijava daquela maneira, e estava contente em deixar as coisas desse jeito.

Até agora. Pois, com um simples beijo, Sean Devaney, sem imaginar, despertara o desejo havia muito adormecido dentro dela. Deanna podia não querer que ele se intrometesse em sua vida ou que se preocupasse com seus hábitos alimentares, mas, céus, queria que ele a beijasse outra vez! E em breve.

Capítulo Cinco

BEIJAR DEANNA deveria ser classificado como uma das dez coisas mais estúpidas que já fizera na vida, concluiu Sean, no trajeto de volta ao quartel. Não tinha a intenção de beijá-la. Não queria beijá-la.

Os gritos de *mentiroso* que ecoavam em sua mente sobre essa afirmação eram demasiado altos para serem ignorados. Certo, então; *desejou* beijá-la, desde o primeiro instante, quando precisou ampará-la com a bandeja, após o filho quase a derrubar no chão. Dois segundos de contato com todas aquelas curvas, e Sean queria mais que um simples beijo. Desejava tomá-la nos braços e descobrir cada segredo de seu corpo tentador. Havia muito tempo que não sentia esse tipo instantâneo de pura luxúria.

Mas conseguira conter a reação impulsiva, totalmente masculina, durante o jantar. Tentou se conscientizar de que era loucura qualquer contato íntimo com Deanna. Participara das piadas especulativas que os amigos faziam sobre Hank e Ruby. Focou-se na quantidade interminável de perguntas que Kevin estava fazendo. Brincou com a garçonete que os servia, pedindo a incrível receita do molho do espaguete de

Joey. Fizera tudo o que era possível para ocupar os pensamentos com algo que não fosse Deanna.

Fizera tudo isso, mas não fora capaz de manter os olhos longe dela. Observava-a de soslaio. O som de sua risada o provocava, desviando seu foco para longe dos amigos. Inferno, quase podia jurar que era capaz de sentir o cheiro do seu perfume quando ela se encontrava a duas fileiras de distância. Que patético!

Diante desse quadro, não era de admirar que estivesse destinado a ceder à loucura quando a seguiu até a cozinha. Em um instante, Sean se defendia da fúria de Deanna por causa da sua atitude arrogante; no seguinte, tomava-a nos braços para silenciá-la com um beijo inebriante. Ficou surpreso por ela não o ter esbofeteado.

Claro, talvez Deanna tivesse ficado atordoada demais, pensou, com um sorriso nos lábios, ao lembrar a expressão atordoada no rosto dela, quando bruscamente ele pedira desculpas e se afastara.

Uma pequena sensação de satisfação o dominou. *Deus, que tipo de homem sou para sentir prazer em pegar uma mulher de surpresa e fazê-la corresponder à investida minha?* perguntou-se, desgostoso. Reações obtidas dessa forma não significavam nada.

— Qual é o problema? — perguntou Hank, unindo-se a ele no alojamento, onde Sean se recolhera quando chegaram ao quartel.

— Nada — mentiu, esticando-se sobre os lençóis, como se fosse tirar um rápido cochilo.

— Problemas com mulheres — concluiu Hank, com sagacidade. Seu estado de espírito parecia bem melhor. — Você e Deanna brigaram?

Sean ignorou a pergunta.

— Você e Ruby fizeram as pazes?

— Ruby e eu não brigamos.

— Eu poderia jurar que sim.

Os olhos de Hank se estreitaram.

— E você está mudando de assunto. Por que será? Eu gostaria de saber. Estava tenso à beça quando saiu da cozinha do restaurante. Será que Deanna lhe pediu para deixá-la em paz?

Isso poderia ser uma interpretação da irritação de Deanna com a intromissão dele em sua vida, decidiu Sean. Mas se as suas palavras pretendiam mantê-lo distante, o modo como correspondera ao beijo fora exatamente o oposto.

Céus, o que estava acontecendo com ele, deitado naquela cama, se debatendo sobre as implicações de um beijo idiota? Nunca fizera esse tipo de coisa. As mulheres beijavam-no ou não. Dormiam com ele ou não. Dependia da vontade delas, sempre. Sean jamais se preocupava com isso, de maneira alguma. O fato de Deanna fazê-lo ponderar a respeito era mau sinal. *Hora de fugir.*

Mas não queria ir a lugar algum... exceto direto para o restaurante para beijá-la de novo e certificar-se de que a sensação maravilhosa da primeira vez fora real.

DEANNA SENTOU-SE à mesa da cozinha de Ruby com o pote de gorjetas e começou a contar o dinheiro. Fazia isso uma vez por mês. Em seguida, depositava em sua conta poupança, que iniciara quando se convenceu de que, se economizasse, poderia guardar dinheiro suficiente para um dia comprar uma casinha para ela e Kevin. Mas os custos relacionados com a recuperação dos prejuízos após o incêndio rasparam até o último centavo que acumulara até aquele momento.

Kevin entrou na cozinha, arregalando os olhos ao ver todas as notas de dólares amassadas e as moedas.

— Uau! — exclamou, subindo em uma cadeira em frente à mãe e apoiando os cotovelos sobre a mesa, para um olhar mais atento. — Isto é um monte de dinheiro. Estamos ricos finalmente?

Deanna achou graça.

— Quem dera!

O menino a estudou, pensativo.

— Não temos o suficiente para comprar nossa própria casa ainda?

A mente de Deanna captou a nota melancólica por trás da indagação.

— O que há de errado? Achei que você gostasse de ficar aqui com Ruby.

— Claro — respondeu a criança, depressa. — Ruby é ótima.

— Então qual é o problema?

— É que... sei lá, se você e eu tivéssemos nossa própria casa, Sean poderia vir nos visitar.

Não pela primeira vez, o nome de Sean era pronunciado naquela casa. Kevin não parava de mencioná-lo desde o dia do incêndio. Vê-lo no quartel e, em seguida, no restaurante de Joey, apenas contribuíra para reforçar a veneração do menino pelo bombeiro.

Para Kevin, Sean Devaney era praticamente um deus. Deanna sabia que permitir que aquilo continuasse acarretaria riscos, mas não queria acabar com aquele aspecto positivo na vida do filho. Ainda assim, teria que adverti-lo para que ele não esperasse muito.

— Querido, não pode achar que Sean virá nos visitar com frequência. Ele tem a própria vida.

— Mas Sean gosta de mim. Ele disse.

— E também é um homem muito ocupado. Tem um trabalho importante, além de seus próprios amigos adultos com quem aprecia passar o tempo quando está de folga. Não acredito que Sean deixaria de vir aqui porque vivemos com Ruby.

— Acontece que sou amigo dele também, mamãe. E se tivéssemos a nossa própria casa, eu poderia convidá-lo para jantar. Ele viria. Sei que viria; ainda mais se você servisse espaguete igual ao de Joey.

— Então ele gostou? — Deanna ficara curiosa. Tinha intenção de perguntar a Sean, mas acabaram se desviando do assunto, na cozinha.

Ela quase gemeu com o eufemismo. Eles mais do que se desviaram. Cada pensamento racional em sua cabeça voara pela janela quando Sean a beijou. Até mesmo agora, só de pensar no contato daqueles lábios nos seus, precisava se forçar para se concentrar em Kevin outra vez.

— Aham. Sean disse que foi o melhor espaguete que ele já comeu. E desde que era garotinho! Então, se você prometesse servir esse prato, tenho certeza de que ele viria para jantar.

Deanna suspirou.

— Kevin, você sabe que não fico em casa na maioria das noites. Isso não seria diferente se tivéssemos a nossa própria casa.

— Você nunca quer que eu convide os meus amigos — queixou-se a criança, com uma expressão obstinada.

A dor de cabeça começou a latejar nas têmporas de Deanna.

— Querido, isso não é verdade — afirmou, tentando manter a voz firme.

— É verdade, sim. Você sempre diz que posso trazê-los quando você está aqui. Mas nunca está aqui, mamãe!

Deanna considerou a acusação e percebeu que Kevin tinha razão. Sempre dizia que ele podia convidar os amigos, mas simplesmente havia poucas horas livres em sua semana, e não queria que Ruby fosse obrigada a tomar conta de Kevin e dos amigos dele. A amiga já fazia muito se dispondo a cuidar do menino.

— Por que não liga para eles agora e pergunta se querem vir visitá-lo, filho? Podemos pedir uma pizza.

— Não quero pizza. Quero que Sean venha aqui. — Kevin se mostrava claramente impaciente por a mãe não ter percebido sua reivindicação.

— Hoje não — disse, colocando um ponto final.

— Quer dizer que posso ir visitá-lo no quartel outra vez?

— Não.

— Por que não? — O garoto parecia muito entusiasmado com a nova perspectiva. — Eu poderia ligar primeiro e perguntar se não tem problema. Se você não puder ir, Ruby não se importará de me levar. Ela deve querer ver Hank. — A expressão do menino ficou séria. — Ainda não entendo por que eles brigam tanto, mas acho que ela gosta de Hank, não é? E ele é bem legal; não tanto quanto Sean, mas também é.

Deanna desejou ter tanta certeza sobre os sentimentos de Ruby quanto Kevin parecia ter, mas a amiga nunca tocava no nome de Hank. Isso podia ser um indício de que se importava com ele... ou significar o contrário, que nem sequer lhe dedicava um pensamento. Hank não a procurava; pelo menos não enquanto Deanna estava por perto. E, uma vez que Ruby não possuía um telefone no apartamento, os dois não podiam passar horas em conversas telefônicas.

Quando ela não respondeu à pergunta, Kevin aproximou mais sua cadeira.

— Então, tudo bem? Posso ligar para Sean?

Deanna sabia que devia cortar o mal pela raiz, mas a expressão esperançosa nos olhos do filho a impediu de dizer "não" à criança. Afinal, Sean era um homem adulto. Se Kevin estivesse incomodando, ele saberia encontrar uma maneira de lhe dizer para não ir ao quartel. E Ruby saberia como se proteger se quisesse ficar longe de Hank. A amiga não parecia ter ficado aborrecida quando ele se uniu a ela após o jantar, naquela noite, no restaurante de Joey. Cada vez que Deanna olhava na direção dos dois, ela os via conversando e rindo.

Estendendo a mão, Deanna afastou da testa o cabelo do menino. Precisava de um corte, mas ele se recusava, dizendo que queria que seu cabelo ficasse tão longo quanto o de Sean.

— Está bem, Kevin. Se Ruby não se importar de levá-lo, peça-lhe para acompanhá-lo até o telefone público para você ligar para o quartel. — Ela lhe deu dinheiro suficiente para fazer a ligação.

— Oba, vou ligar agora mesmo! — Kevin correu para fora da cozinha.

— Pergunte a Ruby primeiro! — Deanna gritou atrás dele.

— E leve-a com você. Não vá sozinho.

— Perguntar a Ruby o quê? — indagou Ruby, surgindo pela porta.

— Se está disposta a levá-lo ao quartel do corpo de bombeiros para uma visita. Isto é, se Sean concordar. — Deanna estudou a reação da amiga, cuja expressão permaneceu neutra. — Você não me respondeu.

— Claro que o levo. — Ruby deu de ombros. — Não tem nada de mais. Por que você mesma não o leva?

— Porque não é uma boa ideia — respondeu Deanna, sem pensar.

Ruby a fitou com uma fascinação repentina.

— Ah, é mesmo?

— Eu quis dizer que tenho coisas a fazer.

— Não, não foi isso que você quis dizer. Não quer ver Sean Devaney outra vez, essa é a verdade. Por quê? Eu o acho um ótimo sujeito.

— Ele é — admitiu Deanna, com relutância.

— Então qual é o problema? — Ruby a estudou. — Como se eu ainda precisasse perguntar... Você está começando a perceber que ele é mais do que apenas um cara legal, não é? Está se sentindo atraída por Sean?

— Se admitir que sim, você me deixa em paz?

Ruby abriu um largo sorriso.

— Por enquanto. Porém, direi que isso faz de você uma completa e total covarde por se recusar a levar Kevin ao quartel dos bombeiros.

Deanna olhou a amiga direto nos olhos.

— Talvez eu só esteja me fazendo de difícil.

— Sei! — zombou Ruby. — Você não é desse tipo. Com você as coisas são verdadeiras. — Ela a olhou com um interesse evidente. — Você o beijou?

Deanna meditava sobre a precisão técnica de uma resposta negativa, quando Ruby suspirou como se tivesse acabado de ler sua mente.

— Meu Deus, como estou por fora, não é? Ele a beijou.

— Uma vez — admitiu Deanna, embora relutante.

Ruby estudou-a com indisfarçável curiosidade.

— Bem, conte-me tudo. Como foi? Foi horrível? É por isso que não quer mais vê-lo?

— Não, não foi horrível. Como poderia ser? Estamos falando de Sean Devaney.

Ruby levou a mão ao peito.

— Ah, meu Deus, deve ter sido ótimo, então. Quando isso aconteceu? Não importa. Acho que já sei. Foi quando ele a seguiu até a cozinha no restaurante de Joey. É por isso que você parecia atordoada ao sair de lá, não é?

— Eu não parecia atordoada!

— Estou apenas comentando o que vi. Ora, ora, ora... isto é mesmo uma reviravolta fascinante nos fatos. Sean é o primeiro homem que a beijou depois de Frankie?

— Não seja tola. Frankie se foi há mais de cinco anos. É claro que já beijei outros homens.

Joey. O velho sr. Jenkins, no restaurante. E até mesmo um dos sócios do escritório de advocacia lhe dera um beijo amigável no rosto, uma vez, ao se despedir após uma festa do escritório.

— Por que será que minha cabeça grita "tecnicismo" quando você diz isso? — exigiu Ruby. — Vou reformular: algum homem sexy a beijou com paixão desde Frankie?

Deanna suspirou.

— Você anda conversando demais com os advogados.

— Dee?

— Você é implacável.

— Sim, na realidade, sou mesmo — retrucou Ruby, com orgulho. — Então?

— Está bem. Não.

— Você correspondeu, não é? Não congelou ou, pior ainda, o repeliu?

— Não mesmo. — Deanna sentiu um calor subir pelo seu rosto. — Eu sem dúvida correspondi.

Ruby sorriu.

— Isso está ficando cada vez melhor.

— Foi apenas um beijo, Ruby. Durou só trinta segundos, no máximo. Em seguida, ele pediu desculpas e saiu da cozinha.

— Homem inteligente — disse Ruby, com aprovação.

— Inteligente?

— Deixe-as sempre com gostinho de quero mais. Acho que isso se aplica ao seu caso. Se Sean tivesse tentado outro beijo, na certa você teria lhe dado uma bofetada.

Deanna a fitou, espantada.

— Não tenho o hábito de sair por aí esbofeteando os homens.

— Só porque nenhum antes de Sean teve coragem suficiente para ignorar os avisos de "Não me toque" espalhados ao seu redor.

— Não vejo nenhum aviso — argumentou Deanna, olhando em torno de si.

— Confie em mim. Os homens veem. Nosso Sean é um camarada muito corajoso. Ele tem o meu voto.

— Voto para quê?

— Como provável candidato a dormir com você.

Deanna ignorou a agitação que as palavras de Ruby lhe causaram na boca do estômago e ergueu a mão.

— Pode parar aí mesmo. É um salto enorme entre deixar um homem beijá-la e ir para a cama com ele.

— Às vezes sim, às vezes não — respondeu Ruby, com conhecimento de causa. — Estou apostando que não passará de um pequeno passo para Sean.

— Nesse caso, não é uma boa decisão eu não voltar a vê-lo? — revidou Deanna.

— Covarde... — repreendeu Ruby, com suavidade.

Deanna encarou a amiga sem hesitar.

— Com certeza.

Durante quase um mês, Deanna vinha fazendo o máximo que podia para evitá-lo, concluiu Sean, quando Kevin e Ruby apareceram no quartel sem ela, mais uma vez. Aquilo o estava deixando nervoso, bem como assistir ao bizarro relacionamento entre Hank e Ruby. Os dois quase não se falavam. Hank só a fitava, como se ela possuísse a chave para a juventude eterna.

Após observar aquele mesmo ritual durante uma tarde inteira, Sean, por fim, decidiu que era o suficiente. Já que Hank não responderia às suas perguntas, tentaria Ruby. Mandou Kevin até a cozinha buscar refrigerantes para todos e perguntou:

— Você e Hank brigaram? — O tom soou o mais casual possível.

Ruby o encarou com um olhar firme.

— Não. Por que a pergunta?

Sean deu de ombros, desconfortável com o seu estranho papel de intrometido.

— Houve um tempo em que pareciam se dar bem. Agora não mais.

A expressão de Ruby se iluminou.

— Mais ou menos como você e Deanna?

Ele franziu a testa.

— Quem está falando sobre Deanna?

— Se vamos discutir nossas vidas pessoais, acho que é uma pergunta justa. Você não vai convidá-la para sair?

Sean ficou tenso com a pergunta.

— Não havia pensando sobre isso.

— Por que não? Não gostou de beijá-la?

Ele resmungou. Imaginou que o beijo fosse um segredo.

— Ela lhe contou?

— Não por vontade própria — admitiu Ruby, com um sorriso. — Praticamente a obriguei a falar.

Sean enfiou as mãos nos bolsos e desejou ter o poder de afundar no chão.

— Sim, bem, isso foi com certeza um erro.

— Minha pergunta ou o beijo?

Ele riu, apesar de tudo.

— Ambos.

— Arrependeu-se de beijá-la? — Ruby deixou evidente o desapontamento. — Porque eu acho que ela não. Na verdade, tenho a impressão de que Deanna está assustada, não arrependida.

Sean ficou intrigado com aquela interpretação.

— Por que ela estaria assustada?

— Porque não namorou muito desde que Frankie a abandonou. O canalha acabou com a autoconfiança dela, se entende o que quero dizer. Deanna não confia no próprio julgamento quando se trata de homens, então tenta evitá-los.

Sean estreitou o olhar e a estudou.

— Existe algum propósito em estar compartilhando todas essas informações comigo?

— Apenas para você saber que é o primeiro cara por quem Deanna demonstrou algum interesse. Aliado ao fato de ser um cara legal; além de que seria o candidato perfeito para ajudá-la a recuperar a autoestima. — Ruby o examinou com atenção. — A não ser que aquele beijo também o tenha assustado. É isso? Você é tão covarde quanto ela?

Sean ignorou a provocação.

— Quem lhe disse que sou um cara legal?

— Ninguém. *Eu* sou boa juíza quando o assunto são homens. Não que tenha acertado com aquele com quem me casei, mas aprendi bastante com esse erro. Meus padrões melhoraram.

— É por isso que terminou tudo com Hank?

Ela o fitou, surpresa.

— Quem disse que terminei tudo com Hank?

— Eu só pensei...

— ...Que eu o despachei porque descobri que é um grande mulherengo?

— Para ser honesto, sim.

Ruby deu-lhe um tapinha amigável no rosto.

— Querido, isso só faz com que ele se torne um desafio para mim.

Balançando a cabeça, Sean a observou enquanto ela caminhava na direção da cozinha, à procura de Kevin. Era obrigado a lhe dar crédito. Talvez Ruby conhecesse Hank melhor que o amigo conhecia a si mesmo, o que suscitou uma pergunta interessante. *Será que ela também me conhece?* Será que ele, Sean, vinha evitando Deanna porque era um covarde?

Sim, não havia dúvida quanto a isso.

Com sua reputação em jogo, pegou o telefone na parede, tirou um pedaço de papel amassado do bolso e ligou para o restaurante de Joey. Ficou aliviado quando Deanna atendeu ao primeiro toque.

— Ruby, é você?

— Não, é Sean.

— Ah!

— Sabe... que tal se saíssemos para jantar qualquer dia desses? Você gostaria?

Um pesado silêncio se seguiu à pergunta contundente. Em seguida, ela por fim indagou:

— Foi Ruby quem o mandou fazer isso?

Sean deu uma risadinha.

— Querida, Ruby pode ser capaz de manipular seu amigo Joey, mas a mim não.

— O que não significa que ela não tentou. Sei que Ruby e Kevin estão aí.

— Ouça, deixe Ruby fora disto. A questão é simples. Você gostaria de jantar comigo qualquer dia? Sim ou não?

— Você poderia vir até o restaurante — admitiu ela, por fim. — Poderíamos comer juntos quando eu tivesse uma pausa.

Sean reprimiu um sorriso em sua tentativa de evitar um encontro de verdade com ele.

— Por mais atraente que sua oferta soe, Deanna, prefiro uma hora e um lugar em que eu possa ter sua total atenção.

— Por quê?

Sean mal sufocou uma risada. Ficou tentado a dizer que ela não devia namorar muito, visto que não era capaz de descobrir a resposta para essa pergunta por si mesma. Porém, decidiu que aquilo, decerto, iria irritá-la. Se Ruby estava dizendo a verdade, Deanna de fato *não* namorava muito.

— Para termos um pouco de tempo para conversar.

— Sobre o quê? — perguntou Deanna, desconfiada.

Dessa vez, ele não conteve a risada.

— Sobre o tempo. Sobre Kevin. Sobre Hank e Ruby. O Red Sox. O que quer que decidamos que queremos falar. Somos adultos. Temos experiências variadas. As possibilidades são infinitas.

— Ah!

— Deanna, não se trata de uma armadilha — afirmou ele, em um tom de voz suave. — Só acho que você pode desfrutar de uma noite com alguém a servindo, para variar. Não existem segundas intenções por trás do convite. — Hesitou; então, incapaz de resistir a provocá-la um pouco, acrescentou: — Nem vou beijá-la de novo, a menos que me peça.

Sean esperou por uma resposta, mas Deanna se manteve em silêncio.

— Ficaria mais interessada se eu dissesse que *iria* beijá-la?

Deanna riu, embora para Sean sua voz soasse como se estivesse um pouco embargada.

— Era o que eu estava esperando ouvir, é claro — respondeu Deanna, em um tom de zombaria. Respirou fundo. — Este seu convite não parece... muito específico. Está apenas especulando ou tem uma data em mente?

— A primeira noite em que nós dois estivermos livres — respondeu ele depressa, ridiculamente feliz por ela considerar o convite. — Estou livre esta noite, amanhã e no fim de semana. Como estão os seus horários?

— Estou de serviço esta noite, e estarei amanhã à noite e no fim de semana, também.

— Incluindo domingo à noite?

— Bem... Na verdade, ficarei livre por volta das três da tarde de domingo, mas geralmente estou exausta. Não sei se seria uma boa companhia. E esse é o tempo que costumo reservar para Kevin.

— Então leve-o junto — disse Sean, aproveitando a desculpa para evitar o risco de mais um daqueles beijos ardentes. — Eu não me importo.

— Não?

— Claro que não — afirmou, com total sinceridade. — Ele é um garoto fantástico. Além do mais, você sabe que eu seria a última pessoa a querer roubar um pouco do seu tempo com ele.

— Então domingo parece perfeito.

— Vou buscá-la às cinco. Não ficaremos fora até muito tarde, porque Kevin tem escola no dia seguinte.

Isso também significava menos tempo com Deanna em uma noite de primavera sensual, quando os sentidos tendiam a assumir o controle.

— Ótimo. — A voz dela soou estranhamente aliviada.

Mas que par lamentável, Sean pensou ao desligar. Não sabia qual deles era pior. Resultado: ambos eram covardes.

Isso suscitava uma questão interessante. Nenhum deles teria nada a temer se não houvesse atração fluindo entre os dois. Logo, significava que estavam aterrorizados por uma razão: o beijo.

Então, Sean concluiu, satisfeito, não haveria nada a temer, desde que não a beijasse outra vez.

É lógico que, tão logo decidiu que aquela era a resolução mais acertada, o desejo de fazer o oposto e beijá-la loucamente o dominou. Domingo à noite começava a se revelar como um teste monumental à sua força de vontade. E tinha um forte pressentimento de que iria fracassar.

Capítulo Seis

RUBY OUVIU Deanna anunciar a Kevin que Sean os levaria para jantar no domingo sem dizer uma única palavra.

— Bem, diga alguma coisa — pediu Deanna, por fim. — Achei que fosse pular pela sala. Não era o que você estava esperando?

— Na verdade, eu esperava que você e Sean ficassem sozinhos em algum cenário romântico, onde pudessem continuar de onde o beijo parou — replicou a amiga. — Ficou louca? O primeiro homem sexy pelo qual se sente atraída em séculos a convida para sair, e você vai levar seu filho de cinco anos junto?

Deanna franziu a testa.

— Sean não pareceu se importar.

— Não, imagino que não — zombou Ruby. — Ele talvez seja a única pessoa em Boston com mais medo que você de se envolver em um relacionamento verdadeiro.

— E você chegou a essa conclusão como?

— Ao conversar com ele — explicou Ruby, com exagerada paciência. — É uma análise fascinante. Você deveria tentar isso algum dia.

Nesse instante, foram interrompidas pelo som da campainha vindo do andar de baixo.

— Deve ser Sean. — Deanna se sentiu aliviada pela interrupção. Pela primeira vez, ver Sean parecia preferível a ouvir Ruby analisar sua covardia. — Poderia ir atendê-lo, enquanto apresso Kevin?

— Não fosse pelo fato de que seu filho iria se desapontar por ter de ficar em casa após você ter lhe prometido uma noite com seu herói predileto, eu jamais a deixaria levá-lo — disse Ruby, com uma expressão sombria.

Deanna franziu a testa.

— Não é você quem decide.

Ruby suspirou.

— Não; infelizmente, isso é verdade. — Ela acenou para Deanna sair da sala. — Vá buscar o menino. Vou lá abrir a porta. Talvez eu tenha mais sorte em explicar para Sean como são os encontros verdadeiros entre adultos.

— Nem pense nisso — alertou Deanna, quase temendo deixar a amiga sozinha com Sean.

Ruby não costumava hesitar em falar o que pensava.

— Oh, vá em frente — ordenou Ruby. — Prometo que não irei envergonhá-la.

Deanna saiu da sala com relutância. Para seu alívio, quando voltou, sem Kevin, que ainda estava tomando banho, Ruby e Sean falavam de beisebol, não sobre as regras de namoro.

— Hank é um grande fã de beisebol, também — afirmou Sean, com a expressão completamente inocente. — Talvez pudéssemos ir todos a um jogo do Red Sox qualquer dia desses.

— Claro — concordou Ruby depressa, para surpresa de Deanna.

Sean também parecia surpreso, mas se recuperou de imediato.

— Nesse caso, vou falar com Hank para comprar os ingressos. Você e Kevin vêm conosco, Deanna?

— Kevin ficaria encantado — respondeu, sincera.

Sean a encarou.

— E você?

Deanna corou sob a intensidade de seu olhar.

— Claro. Eu adoraria ir.

O que poderia ser mais seguro que um estádio cercado por milhares de fãs gritando, um deles o seu filho de cinco anos? Se houvesse uma maneira de Kevin continuar vendo Sean de vez em quando, sem colocar o coração dela em risco, Deanna se disporia a considerar.

Deanna viu o brilho sagaz nos olhos de Sean e percebeu que ele fazia uma boa ideia do que exatamente se passava na sua cabeça. Antes que pudesse pensar em alguma maneira de se livrar, Kevin adentrou o corredor e se lançou nos braços de seu herói.

— Nossa, que legal! — exclamou sobre o ombro de Sean.

— Aonde vamos?

— Isso é com você e sua mãe. De que tipo de comida gosta?

— Pizza — respondeu Kevin, sem hesitar.

— Acho que podemos comer algo melhor que pizza esta noite. — Sean mantinha o olhar fixo em Deanna. — Que tal frutos do mar? Ou comida chinesa?

— Mamãe gosta de comida chinesa — admitiu Kevin, torcendo o nariz em uma careta. — Eu acho nojento.

Sean deu risada.

— Certo, então, nada de comida chinesa. Bifes? Hambúrgueres?

— Um grande hambúrguer parece perfeito para mim — disse Deanna.

Isso significaria o tipo de lugar casual, onde Kevin se sentiria confortável, e ela não precisaria se preocupar se a criança se comportasse mal. Não costumavam ir a muitos restaurantes de luxo, não com a sua renda. O restaurante de Joey era o melhor que podiam frequentar, e a maioria dos clientes considerava Kevin um neto.

— Então sei exatamente o local — anunciou Sean. — E não é muito longe daqui. Podemos ir a pé.

Deanna não conseguia pensar em um único lugar decente para se comer hambúrgueres no bairro, mas caminhou ao lado de Sean, contente em ouvir as perguntas ininterruptas do filho e as respostas pacientes de Sean. Tentou imaginar Frankie demonstrando essa mesma paciência, e não foi capaz. Era um sólido lembrete de que os arrependimentos ocasionais sobre sua ausência na vida do filho eram um desperdício de tempo.

— Chegamos — anunciou Sean, ao parar em frente a um prédio de apartamentos, a seis quarteirões da casa de Ruby.

Deanna lançou-lhe um olhar interrogativo.

— Não há nenhum lugar na cidade onde façam um hambúrguer melhor do que na minha casa — afirmou Sean. — E por sorte eu fui fazer compras mais cedo. — Estudou Deanna com atenção. — Você não se importa, não é?

Deanna conseguiu fazer que não com a cabeça. A verdade era que sentia um pequeno tremor de antecipação com a perspectiva de ver onde ele morava.

O edifício parecia simples, mas o jardim ao redor era bem-cuidado. Havia flores desabrochando em vasos ao lado da porta da frente e meia dúzia de crianças brincando de pique na extensão gramada. Deanna viu Kevin observá-las com inveja.

Sean percebeu isso, e acenou para as crianças.

— Ei, Davey, Mark, venham até aqui.

Dois meninos de cabelo escuro se separaram dos demais e correram na direção dele, com a mesma veneração normalmente estampada no rosto de Kevin, embora fossem mais velhos, algo em torno de dez ou doze anos.

— Este é o meu amigo Kevin. Vocês se importariam de deixá-lo participar da brincadeira, enquanto eu preparo o nosso jantar? Não tem problema para você, Deanna? Ele ficará bem. Davey e Mark são muito responsáveis. Cuidam dos irmãos menores o tempo todo.

— Por nós, tudo bem — respondeu um dos garotos.

— Por favor, mamãe... — implorou Kevin.

Deanna achou graça da evidente vontade da criança em abandonar os adultos, até mesmo seu amado Sean, para brincar com alguns garotos mais velhos.

— Se Sean acha que não tem problema e os meninos não se importam, por mim tudo bem.

— Legal! — E Kevin correu atrás dos outros, quando eles retornaram à brincadeira.

Deanna ficou parada, observando o filho. Kevin estava crescendo tão rápido, e ela, perdendo boa parte da sua infância, graças ao seu horário de trabalho. Nesse instante, pôde perceber com uma clareza sem precedentes que não apenas preteria o menino, mas a si mesma também.

Infelizmente, não via uma maneira de contornar aquela situação, a não ser que os tribunais conseguissem rastrear o errante Frankie e extrair-lhe todos os anos de pensão alimentícia atrasados, que ele deixara de pagar durante todo aquele tempo.

— Não precisa se preocupar com Kevin. Davey e Mark moram no andar abaixo do meu. A mãe deles de vez em quando olha pela janela para ver se estão bem. E você poderá fazer o mesmo pela janela da minha cozinha.

Deanna forçou um sorriso.

— Estou sendo boba e superprotetora, não é?

— Não, claro que não. Cuidado nunca é demais atualmente, ainda mais com crianças dessa idade. Mas este bairro é um dos mais seguros da cidade. E há sempre um pai por perto.

Deanna estudou-o atentamente, percebendo, com um sentimento de admiração, que Sean se importava com a segurança de todas aquelas crianças, como se fossem seus próprios filhos.

— Algo me diz que você também fica atento quando está por perto.

Ele deu de ombros.

— Faço o que posso. Agora, vamos sair daqui, antes que resolvamos brincar com eles. — Segurando-a pela mão, guiou-a em direção à escada estreita, e subiram.

— A cozinha é aqui. — Sean apontou, assim que entraram no apartamento.

Deanna notou que ele se esforçava para evitar que ela ficasse olhando ao redor.

— Esqueceu-se de arrumar a casa esta manhã? — indagou ela, caminhando atrás dele.

Sean parou e a fitou, desconcertado pela pergunta.

— O quê?

— Você parece estar com pressa em me levar para a cozinha. Acho que é porque deixou a cueca jogada pelo chão ou algo assim.

— Ei, não sou preguiçoso! — protestou ele, com uma falsa indignação. — Pensei que estivesse aflita para olhar pela janela e ver Kevin, certificar-se de que pode ficar de olho nele.

— Você me disse que ele estaria seguro — lembrou ela.
— E confia no meu julgamento?
— Quando se trata de meu filho, sim. — Deanna se espantou ao constatar que era verdade.

Se havia algo em que acreditava com todo seu coração era que Sean jamais colocaria Kevin ou qualquer outra criança em risco.

A expressão que tomou conta do rosto dele a surpreendeu. Alívio, talvez. Até mesmo uma pitada de espanto.
— Simples assim?
— Não há nada de simples nisso. Eu o vi com Kevin várias vezes, Sean. Vi como aqueles meninos o olham. E já lhe disse antes: você é um bom sujeito, Sean, sobretudo quando se trata de crianças.
— Obrigado. Significa muito para mim ouvi-la dizer isso.
— Por quê? Você deve saber que é ótimo com as crianças.
— Não sei...
— Claro que é. Sabe o que mais me espanta?
— O quê?
— O jeito como é louco por crianças, não posso acreditar que não tenha algum filho por aí.

A expressão de Sean se fechou de imediato.
— Não tenho, nem terei — afirmou.
— Por que não?
— Você sabe por quê. O que um homem com a minha experiência sabe sobre criar filhos?

Deanna encontrou seu olhar atormentado.
— Para mim, se alguém sabe o que *não* fazer quando se trata de criar filhos, esse alguém é você — retrucou Deanna, em um tom suave, mas com total convicção.

Sean parecia assustado com aquela declaração.

— Isso não significa que eu não iria abandoná-los como meus pais fizeram.

— Não está se dando muito crédito.

— Por uma boa razão. Esses são os genes que correm dentro de mim.

— Você disse que há pouco entrou em contato com um irmão. Será que ele sente o mesmo?

— Sente. — Mas Sean refletiu melhor. — Ou pelo menos sentia.

— O que o fez mudar de ideia?

— Ele conheceu alguém e se apaixonou.

— E se casou? — adivinhou Deanna.

Sean fez que sim.

— E é mais corajoso que você, suponho...

— Não se trata de ser corajoso, Deanna.

— Claro que sim. Todo casamento exige uma boa dose de confiança, mesmo para pessoas que não têm exemplos ruins ao seu redor. O mesmo vale em relação a ter filhos. Eles não vêm com manuais de instrução. Nem mesmo os melhores livros de bebê nos preparam para a realidade do dia a dia, mas milhares, até mesmo milhões de pessoas têm bebês pela primeira vez a cada ano. Esses pais sobrevivem, e as crianças também.

Sean sorriu.

— E toda essa conversa sobre a bravura vem de uma mulher que não queria sair com um homem porque a perspectiva a assustava — brincou ele.

Deanna estremeceu com a acusação precisa.

— Não tenho medo de sair com um homem.

— Ah, é? Só de mim, então. Você está com medo de mim, Deanna? — Sean se aproximou enquanto falava, estendeu o braço e traçou a linha de seu maxilar com a ponta do dedo, causando nela um arrepio de prazer.

— Não — murmurou Deanna, mas era evidente para ambos que aquilo era mentira.

Deanna tinha certeza de que Sean podia sentir seu tremor, o calor que lhe subia pelo pescoço e se espalhava em suas bochechas.

— Quero beijá-la de novo — disse ele, como se não estivesse especialmente feliz com isso.

Desafiadora, Deanna o encarou com a expressão confiante.

— Por que não me beija, então? — provocou-o.

Sean roçou-lhe o lábio inferior com o polegar.

— Está falando sério?

Na verdade, Deanna achava que poderia morrer se não sentisse os lábios dele nos seus nos próximos dez segundos. Assim, assentiu.

— Bem, creio que seria errado da minha parte desapontar uma dama. — E Sean baixou lentamente a cabeça até suas bocas ficarem a uma fração de centímetro uma da outra.

— Muito errado — confirmou ela, quando seus lábios se encontraram.

A explosão de desejo foi tão violenta e avassaladora quanto na primeira vez em que se beijaram. Deanna perdeu-se no redemoinho invisível e tentador de sensações, inclinando-se para a frente, até se ver esmagada contra o peito dele. O calor do seu corpo másculo a envolvia, atraindo-a, fazendo-a desejar mais.

Que diabos estava fazendo? Aquilo era tudo o que dissera a si mesma que devia evitar a todo custo. Seus sentidos flutuavam, impregnados com o sabor e o toque de Sean, enquanto ele a devorava com aquele beijo. Movendo-se, pressionou-a de encontro à beirada da bancada, deixando evidente o quanto a desejava. Havia uma estranha sensação de conforto em saber que Sean a queria tão desesperadamente quanto ela, e que também detinha tão pouco controle sobre suas reações.

— Mamãe! Sean!

O som dos gritos de Kevin e os ruídos de passos na escada os afastou. Deanna quase não resistiu ao impulso de jogar água fria no rosto, antes de o filho entrar no apartamento. Percebeu que Sean virou as costas para a sala, de modo deliberado, respirando fundo para se firmar, antes de enfrentar a criança.

— Estamos aqui. — Deanna chamou com a voz trêmula.

Kevin correu pela porta, e foi derrapando até parar. Estudou-a preocupado, depois olhou para Sean.

— Vocês não estão brigando, não é?

— Não, claro que não. Por que acha isso?

— Porque estão parecendo um bocado com Hank e Ruby quando eles brigam.

Ora, isso não era revelador? — pensou Deanna, resolvendo perguntar a Ruby o quanto ela e Hank vinham *brigando* nos últimos tempos.

— Está tudo bem, querido. Você veio até aqui por alguma razão?

— Estou morrendo de fome. Os outros meninos subiram para jantar, então vim ver se os hambúrgueres já estavam prontos.

— Ainda não — disse Sean.

Deanna mal conteve uma risada.

Kevin olhou ao redor da cozinha, constatando que a mesa não estava posta e que não havia nenhuma evidência de que o jantar sequer havia sido iniciado.

— O que vocês dois ficaram fazendo? — O menino quis saber.

— Conversando — respondeu Deanna depressa. — E acabamos perdendo a noção do tempo.

— Ah... Posso tomar um refrigerante?

— Claro, Kevin. — Ansioso, Sean abriu a geladeira para pegar a bebida. Então parou e olhou para Deanna. — Algum problema?

— Nenhum. — Naquele momento, Deanna daria qualquer coisa que Kevin pedisse, se isso significasse distraí-lo do embaraçoso tema sobre o que ela e Sean ficaram fazendo.

O menino abriu a lata com um ruído e subiu em uma cadeira.

— Sobre o que vocês conversavam? — perguntou Kevin, muito à vontade.

— Assuntos de adultos. Nada que possa interessá-lo, garoto — respondeu Sean, quando Deanna permaneceu muda, incapaz de pensar em uma única resposta.

— Ah... — repetiu Kevin, com uma expressão entediada cruzando seu rosto. — Posso ver televisão?

Sean olhou mais uma vez para Deanna, que concordou com a cabeça.

— Só até o jantar ficar pronto. Então você vai desligá-la e vir quando nós o chamarmos, certo?

Kevin olhou para o pacote fechado de carne para hambúrguer sobre a bancada e revirou os olhos.

— Isso vai demorar, não é?

Assim que o menino saiu da cozinha, Sean olhou para Deanna e sorriu.

— Repreendidos por um garoto de cinco anos — lamentou ele. — Que constrangedor!

— Não é tão constrangedor quanto tentar explicar o que ele quase viu ao entrar. Senti-me como se tivesse dezesseis anos de novo, com meu pai me flagrando aos beijos na varanda da frente.

Sean a estudou com indisfarçável curiosidade.

— Isso acontecia com muita frequência?

— Aposto que não tanto quanto com você.

— Ninguém se importava muito com o que eu fazia — disse ele, em um tom seco que deixava transparecer o quanto ainda se ressentia.

Deanna evitou qualquer traço de compaixão.

— Nem mesmo os pais das meninas que você namorava?

Um sorriso brotou em seus lábios, pelo jeito por alguma lembrança quase esquecida.

— Você lembrou bem. Eles se importavam, e muito, mas eu era esperto. Quase nunca era flagrado beijando suas preciosas filhas.

— Sorte sua.

Sean piscou.

— Sorte não tinha nada a ver com isso. Eu era astuto o suficiente para afastá-las das varandas. Beijava-as no banco de trás de um carro, a quadras da casa.

Deanna sentiu um pequeno tremor de excitação pela imagem que Sean criara. Não se importaria de passar uma noite no banco de trás de um carro com ele. Mas, dada a sua idade e experiência, duvidava que fossem capazes de se limitarem a alguns beijos.

— Não adianta pensar nisso — disse ele.

— Em quê? — perguntou ela, com um ar inocente.

— Não vou beijá-la no banco de trás de um carro. — Os olhos de Sean brilhavam, e seus lábios lutavam para conter o riso.

Deanna franziu o cenho diante da provocação óbvia.

— Quem está lhe pedindo?

— Ora, vamos... Você sabe que quer. Está estampado em seu rosto.

Balançando a cabeça, ela o encarou, austera.

— Pelo que me contou, estou mais admirada do que nunca por você ter chegado aos 29 anos sem ter tido, ao menos, um problema com a paternidade.

O humor de Sean se fechou de imediato.

— Já ouviu falar em controle de natalidade?

— Claro, mas não é infalível.

— Comigo é — garantiu, com a expressão sombria.

Deanna deveria ter considerado aquela afirmação reconfortante, mas por uma estranha razão, tudo o que sentia era pena por um homem com tamanho potencial para a paternidade como Sean ter mais medo de se tornar pai do que de entrar em um edifício em chamas.

SEAN ACHOU que as coisas estavam indo muito bem, até Deanna começar a pressioná-lo sobre ser pai. Será que ela não percebia que ele era um péssimo candidato a esse papel, que isso não era para ele? Gostava de crianças. Tinha um ótimo relacionamento com elas, mas isso não era suficiente para provar que possuía as qualidades necessárias que um verdadeiro pai deveria ter para criar um filho. Inferno. Para começo de conversa, não sabia nada a respeito desse vínculo eterno com outro ser humano!

Bateu nos hambúrgueres com mais força que o necessário, carrancudo, repassando a conversa em sua mente.

Fora honesto, mas Deanna não acreditara nele. Como tantas outras mulheres, ela, pelo visto, o enxergava do jeito que queria que ele fosse, não do jeito que era. A confiança que lhe depositava era algo assustador, pior que qualquer incêndio que Sean já enfrentara.

Quando Deanna foi até a sala de estar ver Kevin, ele por fim suspirou aliviado. Havia aberto a janela para deixar entrar um pouco de ar fresco em um recinto que, de repente, se tornou claustrofóbico.

Então um arrepio leve de desconforto na nuca lhe informou que ela estava de volta.

— Está tentando amaciar a carne batendo nela até a morte?

Sean olhou para os hambúrgueres, que não tinham mais que meio centímetro de espessura.

— Só estou trabalhando nos temperos — alegou, moldando-os em bolas antes de achatá-los na frigideira quente.

— O que posso fazer para ajudar?

— Nada. Já coloquei a salada de batata e repolho nos pratos. Temos tomates, cebolas, ketchup e mostarda. Precisa de mais alguma coisa?

— Pão? — Deanna olhou ao redor.

— Aquecendo no forno.

— Então parece que tem tudo sob controle.

— Kevin está bem?

— Encontrou o canal de desenho animado. O que você acha? — perguntou, irônica. — Não temos televisão a cabo em nosso apartamento.

— Isso é bom. As crianças passam muito tempo em frente à TV ou em computadores, hoje em dia. É bem mais saudável brincarem ao ar livre, queimando energia. — Ao mesmo tempo que as palavras saíam de sua boca, Sean percebeu que era algo que ouvira seu pai adotivo dizer em mais de uma ocasião.

Evan Forrester, com certeza, lhe ensinara mais do que ele havia percebido.

— Concordo. — Deanna meneou a cabeça. — Eu só gostaria que existissem mais áreas de lazer em nosso bairro. Algumas crianças brincam na rua, mas me recuso a deixar Kevin fazer isso, e o parque mais próximo fica muito distante.

— Ruby poderia trazê-lo aqui na parte da tarde. Há muito espaço na área externa do edifício, e um bando de garotos para brincar. Eu poderia apresentá-la a algumas das mães.

— Não se importaria com isso?

— Por que me importaria?

— Pode significar encontrar Kevin com mais frequência. Tenho certeza de que é lisonjeiro tê-lo idolatrando você, mas após algum tempo pode se tornar um incômodo e você começará a querer sua privacidade de volta.

— Não se preocupe, Dee — disse ele, repetindo o apelido com que ouvira Ruby chamá-la. — Kevin é um grande garoto. Não me irrita. Gosto de tê-lo por perto. E também não fico muito tempo aqui. Se isso a faz se sentir melhor, diga a Ruby para me ligar antes de virem para cá, para se certificar de que não será inconveniente, mas posso lhe garantir desde já que não será.

Deanna não parecia muito convencida.

— Certo; o que mais tem em mente?

— Não sei se é uma boa ideia Kevin começar a contar tanto com você, Sean. Não ficará para sempre disponível para ele, apesar de pensar assim agora. Um dia vai conhecer alguém, se casar, formar sua própria família; e onde Kevin se encaixaria?

Sean virou um hambúrguer com cuidado, enquanto considerava uma reposta.

— Já discutimos a probabilidade de eu nunca vir a me casar, de modo que isso não é problema. — Ele a fitou nos olhos. — Dee, não irei desapontar o menino. Vou deixar bem claro que somos apenas amigos. E não vou criar falsas expectativas.

— Isso tudo parece muito razoável para mim, pois sou adulta, mas não para um menino de cinco anos de idade que deseja desesperadamente um pai.

Sean engoliu em seco quando aquelas palavras, proferidas com toda a calma, o atingiram. Claro que Deanna tinha razão para se preocupar. Quantas vezes, na infância, olhara com inveja quando os amigos saíam para fazer programas com os pais?

Evan Forrester fazia essas coisas com ele, mas levou anos antes de se permitir contar com o pai adotivo. Se algo decepcionante tivesse acontecido, quando finalmente começou a confiar no pai adotivo, teria sido devastador. Kevin não possuía nenhuma dessas defesas. O garoto ainda era inocente o suficiente para exibir seus sentimentos de modo aberto.

— Prefere que eu o evite completamente? — Sean experimentou uma estranha sensação de perda antes mesmo de ouvir a resposta. Embora tivesse contato com muitas crianças, havia algo na autoconfiança arrogante e vulnerabilidade de Kevin que mexia com ele. Talvez se visse espelhado no menino.

Deanna ponderou sua resposta pelo que pareceu uma eternidade, até que, por fim, negou com a cabeça.

— Não, não é isso o que pretendo, e sei que não é o que Kevin quer. Só não quero que ele sofra.

— Às vezes, não é possível proteger as pessoas que amamos do sofrimento — disse Sean. — Mas farei o possível para não magoar Kevin.

— Sei disso, ou não estaríamos aqui tendo esta conversa. Aliás, nem estaríamos aqui.

Sean segurou-lhe o queixo com um dedo e a forçou a encará-lo.

— Farei o possível para não magoá-la, também.

Deanna deu de ombros, como se seus sentimentos não importassem.

— Sim, bem, como você disse, nem sempre podemos proteger as pessoas da dor. Faz parte da vida.

— Aprendeu essa lição com o seu ex?

— Entre outros — afirmou.

— Gostaria de falar sobre isso?

— Na verdade, não. O importante é que sobrevivi. — Ela o encarou. — Assim como você.

MUITO TEMPO depois de Sean ter levado Deanna e Kevin para casa, as palavras dela ainda permaneciam em sua cabeça. Duvidava de que ela soubesse o significado do que dissera. Deanna conseguira fazê-lo lembrar que na maior parte da última década, até mais que isso, ele não apenas sobrevivera, mas trabalhara duro para se manter a salvo e evitar o sofrimento.

Porém, só agora podia perceber que ele, assim como Deanna, tendo ela notado ou não, também tinha evitado viver de verdade.

Capítulo Sete

— O que é que é isso?

De seu lugar na recepção, Deanna ouviu o grito do sócio sênior do escritório de advocacia. Ela trocou um olhar com Ruby.

— O sr. Hodges parece irritado — murmurou. — Gostaria de saber do que se trata.

Antes que as duas pudessem sequer especular, o interfone em sua mesa tocou.

— Deanna, o sr. Hodges quer vê-la — informou Charlotte Wilson, em um tom sombrio. — Peça a Ruby para substituí-la na mesa.

— Sim, senhora — respondeu ela, as palmas das mãos suando. Então lançou um sorriso trêmulo à amiga. — Reze por mim.

— Não deixe o homem intimidá-la — aconselhou Ruby.

Com o estômago revirando, Deanna caminhou pelo corredor até a sala de Jordan Hodges. Um olhar para o rosto de Charlotte não foi nada encorajador. A secretária, que geralmente mantinha o semblante frio e reservado, parecia prestes a desabar em prantos.

Deanna parou à porta e aguardou.

— Não fique aí parada. Entre e feche a porta — disse o chefe, fitando-a com uma fisionomia fechada.

Deanna obedeceu e se aproximou da mesa dele.

— Algum problema?

— Vou lhe dizer qual é o problema — respondeu Hodges, com a testa franzida. — Encontrei estes documentos em minha escrivaninha agora. — Acenou com um envelope na direção dela. — Deveriam estar do outro lado da cidade, sobre a mesa dos advogados da outra parte. Quer me explicar por que não estão?

Deanna olhou para o envelope, sem entender. Certo, verificar a entrada e saída de correspondência todos os dias era uma atribuição sua, mas não era ela que a colocava no correio.

— Não faço ideia. O que diz no envelope?

— A etiqueta com o endereço está bastante clara — respondeu o chefe, sacudindo o envelope sob o nariz dela.

Deanna segurou uma das pontas do envelope e o estudou. Com certeza, era endereçado a um advogado no centro de Boston.

— Senhor, sei que tenho chegado um pouco atrasada ultimamente, mas se este envelope tivesse sido colocado na minha mesa, endereçado desta maneira, sem dúvida teria alcançado seu destino — respondeu, com firmeza. — Não ficaria misturado com a correspondência recebida.

A cor no rosto do sr. Hodges por fim começou a voltar ao normal. Ele afundou na cadeira.

— Sei que não costuma cometer esse tipo de erro — concordou, estudando-a com preocupação. — Disse que está chegando atrasada. Há algo errado que eu deveria saber? Seu filho está bem?

A pergunta a surpreendeu. Deanna não costumava falar sobre o menino no escritório.

— Sim, Kevin está bem.

— Então o que há?

Deanna não queria discutir problemas pessoais no trabalho. Não queria que o chefe pensasse que havia tanta coisa acontecendo em sua vida que ela não conseguia se concentrar em suas tarefas. Isso podia ser um motivo para que fosse demitida.

— Sossegue, Deanna — encorajou, prendendo-a com um olhar firme. — Pode me contar.

Não era de admirar que Hodges fosse considerado um tubarão no tribunal, pensou Deanna. Era implacável, e conseguia interrogar uma testemunha com o mesmo olhar de compaixão que exibia no momento. Ela quase podia acreditar que o homem realmente se importava com seus problemas.

— Para ser sincera, não creio que haja necessidade de sobrecarregá-lo com meus problemas.

— Besteira. Diga-me — insistiu, ainda mais enfático.

— É que houve um incêndio alguns meses atrás... — começou ela, hesitante.

— Um incêndio? Onde?

— No meu prédio.

— Grave?

— Muito grave. — E, em seguida, acrescentou com alguma relutância: — Perdi tudo.

O choque se espalhou pelo rosto de Hodges.

— Por que não contou nada sobre isso?!

— Não se preocupe. Estou vivendo com Ruby temporariamente. Acrescentei algumas horas extras ao meu horário de trabalho no restaurante de Joey, para tentar conseguir dinheiro suficiente para que eu e meu filho possamos nos mudar para uma casa só nossa. Para ser sincera, é possível que isso esteja me sobrecarregando.

— Está trabalhando em um segundo emprego no restaurante de Joey Talifero? — Jordan arregalou os olhos.

— Na verdade, já há algum tempo.

Hodges balançou a cabeça.

— Bem, uma coisa de cada vez. Vamos conversar sobre a sua necessidade de trabalhar em um segundo emprego em outra ocasião. Quanto ao incêndio, por que não me contou? Suponho que tenha comentado com Charlotte.

— Na realidade, não.

A secretária executiva do sr. Hodges seria a última pessoa com quem Deanna teria aberto o coração.

— Não gosto de trazer assuntos pessoais para o trabalho. Não quero que pensem que não dedico total atenção às minhas funções.

O homem a encarou com um espanto inconfundível.

— Deanna, há quanto tempo trabalha aqui? Cinco anos, não é? Desde que seu filho nasceu.

Ela fez que sim com a cabeça.

— E a cada avaliação recebe notas altas por ser uma funcionária responsável, correto?

— Sim.

— Então por que diabos teve medo de vir a mim quando perdeu sua casa? Acho que isso deveria ser qualificado como o tipo de coisa que seu chefe deveria saber. Nós poderíamos ajudá-la, fazer-lhe um empréstimo, representá-la, se quiser processar o proprietário do imóvel.

Deanna o fitou, surpresa. Jamais considerara pedir-lhe assistência jurídica gratuita. Os casos de que Hodges tratava envolviam centenas de milhares de dólares. O dela equivaleria, para ele, a alguns trocados.

— O senhor faria isso?

— É claro que faria! — afirmou o homem, com uma nota de exasperação na voz, por ela nem sequer ter lhe pedido. — O que esperava? Para mim, todos os funcionários desta empresa são como se fossem da minha família. Quando alguém está em dificuldades, espero que venha a mim *antes* que isso interfira em seu desempenho no trabalho.

— Obrigada. Vou me lembrar disso no futuro.

— Esqueça o futuro. Que tal o aqui e agora? O que posso fazer?

Deanna se recusava a pedir mais dinheiro. Hodges já lhe pagava um salário digno pelo cargo de recepcionista. E, por certo, ela não queria um empréstimo, que teria que se esforçar para devolver.

— Nada. Estou cuidando de tudo.

— Não se o erro que você cometeu aqui for igual à forma como você está cuidando de tudo — repreendeu ele, com mais suavidade dessa vez. — Quem foi o culpado pelo incêndio?

— O inspetor do corpo de bombeiros disse que foi o proprietário. Mas o senhorio deixou claro quando assinei o contrato que não se responsabilizava por danos aos bens no interior dos apartamentos, que eu precisava fazer o meu próprio seguro.

— E você fez?

— Não. Não podia pagar — admitiu. — E não tínhamos tantos bens assim. Não percebi, até perder tudo, quanto custaria repor o pouco que possuíamos.

O sr. Hodges pegou um bloco de papel e uma caneta.

— Qual é o nome do proprietário?

— Lawrence Wyatt.

Para sua surpresa, seu chefe reagiu com repugnância.

— Bem típico de Wyatt — murmurou. — Esta não é a primeira vez que cruzo com esse sujeito. Vou ter uma conversa com ele. Acho que posso lhe prometer um acordo de algum tipo. Será que isso significa que você pode cortar as horas extras com Joey? Quem sabe começar a dormir um pouco mais?

— Sim.

— Espero que isso resolva — disse ele, severo. — E, Deanna?

— Sim, senhor.

— Da próxima vez que houver um problema, não espere tanto tempo para vir conversar comigo.

— Não, senhor. — E Deanna saiu do escritório, antes de as lágrimas de gratidão saltarem dos seus olhos.

Charlotte estudou-a, preocupada.

— Ele vai demiti-la?

— Não.

— Graças a Deus! — sussurrou a secretária, em um tom fervoroso.

— Não posso imaginar o que aconteceu. Sou sempre tão cuidadosa. Sei como aqueles documentos são importantes.

— Todo mundo comete erros — disse Charlotte.

Aquela tentativa da secretária de confortá-la era tão rara que Deanna fitou-a com uma desconfiança súbita.

— Você não colocou aquele envelope na minha mesa, não é?

A boca fina de Charlotte permaneceu firmemente fechada, mas a angústia em sua expressão era um forte indício.

— Não importa. Não vou dizer nada — prometeu Deanna.

— Mas você fica me devendo uma, Charlotte.

A mulher enfim suspirou.

— Você tem razão. Mas eu não o teria deixado demiti-la. Confessaria, se as coisas chegassem a tal ponto.

— No entanto, permitiu que eu fosse culpada pelo erro. — Deanna a lembrou. — Não vou me esquecer disso.

Virando-se, deixou o escritório, antes que Charlotte pudesse responder. Ao chegar do lado de fora, surpreendeu-se ao encontrar Sean na recepção conversando com Ruby. Ambos a fitaram preocupados quando a viram.

— O que está fazendo aqui, Sean?

— Eu o chamei — disse Ruby. — O sr. Hodges jamais grita daquele jeito, a menos que esteja pronto para demitir alguém. Imaginei que você estivesse prestes a perder o emprego, e assim iria precisar de um ombro grande e largo para chorar. Então, conte o que aconteceu lá dentro.

— Ele me repreendeu por causa de um erro muito estúpido, mas eu expliquei sobre o incêndio e as horas extras no Joey, e em vez de me demitir, ele irá conversar com o proprietário do apartamento e tentar encontrar uma solução para mim. Na verdade, exceto pelo papel de Charlotte nisso tudo, foi até bom — disse ela, ainda confusa com o rumo dos acontecimentos.

— Charlotte? — Sean parecia confuso.

— A cobra que controla o escritório do sr. Hodges. — E Ruby, em seguida, virou-se para Deanna. — O que ela fez?

— Foi ela quem cometeu o erro do qual fui acusada.

A amiga a encarou, indignada.

— Espero que você tenha dito isso ao sr. Hodges.

Deanna fez um movimento negativo com a cabeça.

— Não. Eu nem sabia o que realmente havia acontecido até sair da sala dele.

— Por que não volta lá agora mesmo e lhe conta a verdade? — exigiu Sean.

— Porque tudo acabou bem. Charlotte não voltará a repetir o erro.

— Você é irritantemente nobre — resmungou Ruby.

— Na verdade, não sou. — Deanna sorriu. — Agora a terei na palma da mão pelos próximos anos. Ter influência sobre Charlotte é muito bom.

Ruby sorriu.

— Sugiro que comece agora, dizendo-lhe que vai tirar a tarde de folga e que ela irá substituí-la. Assim, nós três iremos pegar Kevin e comemorar.

Deanna olhou para Sean, para ver como ele encarava a tentativa de Ruby de planejar sua tarde. Ele piscou para ela.

— Parece um bom plano, para mim. Só preciso voltar ao plantão à meia-noite. — Ele olhou fixamente para Ruby. — E Hank também.

Ruby franziu o cenho.

— E eu com isso?

— Só pensei que pudesse estar interessada.

— Ah, vá em frente e ligue para ele, se quiser — disse, a contragosto.

Deanna achou que Ruby não devia se ver livre da obrigação assim tão fácil. Quando Sean pegou o telefone, ela o impediu.

— Por que não liga para ele, Ruby? Vou falar com Charlotte.

— Mas...

— Se eu posso ir lá dentro enfrentar o dragão de saia, você pode ligar para Hank.

— Ah, pelo amor de Deus! Tudo bem, eu ligo — resmungou a amiga.

Ruby ainda estava ao telefone com Hank quando Deanna voltou.

— E então, como eles estão se saindo? — sussurrou ela para Sean.

Ele riu.

— O assunto da comemoração ainda não foi mencionado. Esses dois estão fazendo uma dança que desafia a lógica. Estou quase arrancando o telefone da mão dela e dizendo ao pobre rapaz por que Ruby realmente ligou.

— Ela jamais o perdoaria.

— Mas Hank será eternamente grato. Gosto de mudar o equilíbrio de poder em nosso acordo de parceria de tempos em tempos.

Deanna resmungou.

— Homens e seus jogos machistas. Pensei que vocês dois fossem amigos.

— Somos. E é assim que continuamos a ser — explicou, de uma forma que quase fazia soar como se fosse uma maneira perfeitamente racional de se viver.

— Pois, que seja. Obrigada por ter vindo aqui quando Ruby o chamou. Não precisava.

Sean achou graça.

— Não diria isso se tivesse ouvido sua amiga ao telefone. Esperava vê-la saindo deste escritório destroçada e ensanguentada.

— Mas pude notar que não entrou lá para me socorrer...

— Apenas porque, quando cheguei aqui e ouvi toda a história, tive uma visão um pouco diferente do problema. — Ele enfiou a mão no bolso e retirou um pacote de lenços de papel. — No entanto, antes de vir para cá, fui à farmácia e comprei isto.

— Antecipando meu pranto, não é? — perguntou Deanna, divertindo-se com a sua tentativa de se preparar. — Muitos homens teriam fugido diante dessa perspectiva.

Sean deu de ombros.

— Não eu. Sou um cara sensível.

— Faz soar como se fosse uma piada, mas você é mesmo, e sabe disso.

— Não diria a mesma coisa se soubesse sobre o meu plano de entrar lá e bater no seu chefe até a morte por ele a ter feito chorar.

Deanna reprimiu um sorriso.

— Quando ia fazer isso?

— Assim que lhe entregasse os lenços de papel e a deixasse com Ruby.

Ela deu risada.

— Não preciso que tome as minhas dores e me defenda.

— Eu sei. Dá para perceber.

— Mas aprecio sua vontade de entrar em cena, da mesma forma.

De repente, ele parecia desconfortável com sua gratidão.

— Não me transforme em uma espécie de herói. Tudo o que fiz foi aparecer aqui para lhe dar uma força.

Deanna estendeu a mão e tocou-lhe o rosto.

— Isso já é bastante para um homem que afirma não saber nada sobre dar apoio nos momentos difíceis.

— Dee...

— Ei, vocês! — interrompeu Ruby. — Vamos ficar aqui a tarde toda ou sair para comemorar?

Deanna encontrou o olhar de Sean.

— Acho que temos motivos para comemorar, não é?

Por um instante, Deanna teve a impressão de que ele queria prolongar a conversa, mas, por fim, Sean deu de ombros.

— Concordo com tudo o que disser. Quem sou eu para discutir com uma mulher que conseguiu sair ilesa de uma batalha?

Satisfeita, Deanna virou-se para Ruby.

— Hank vai se juntar a nós?

A amiga deu de ombros.

— Sei lá. Ele ainda estava resmungando um monte de besteiras por ter sido acordado de um sono profundo, sem motivo, quando desliguei na cara dele.

— Mas você disse aonde iríamos, certo? — insistiu Deanna.

— Como eu poderia? Nem sei para onde vamos.

Deanna suspirou.

— Quando chegarmos lá, eu ligo para Hank para informá-lo — disse Sean.

— Faça como quiser. — E Ruby saiu para a rua em um ritmo acelerado, deixando Deanna e Sean para trás.

Ambos a fitaram e trocaram um olhar impaciente.

— Faz alguma ideia do que está acontecendo entre esses dois, Sean?

— Eu não.

— Bem, ele é seu amigo.

— E ela é sua amiga. *Você* sabe o que está havendo?

— Nem imagino.

— Por que será que tenho o pressentimento de que não devemos nos meter nisso?

— Porque é um homem inteligente. Mas mesmo assim vai ligar para Hank, certo?

Sean assentiu.

— Nem que seja só para ver o circo pegar fogo.

Homem corajoso, pensou Deanna. Mas, afinal, ele era um bombeiro. O calor e o barulho da contenda por certo não o intimidariam. Tinha experiência suficiente para extinguir labaredas fora de controle.

Sean não estava preparado para o olhar abatido de Hank quando o amigo finalmente se uniu a eles na sorveteria escolhida para a comemoração. Aparentava se sentir tão mal quanto algumas semanas atrás, na academia. Ao chegar, Hank lançara um olhar azedo a Sean, mal conseguira dar um sorriso a Deanna e depois se espremeu no banco ao lado de Ruby, que nem sequer ergueu o olhar da taça de seu sundae de chocolate.

Sean não sabia que tipo de jogo aqueles dois vinham fazendo, mas uma coisa era certa: Hank estava apaixonado pela mulher ao seu lado. Sean não conseguia pensar em uma única ocasião, no passado, em que o amigo se mostrara tão interessado por alguém. Em geral, após aquele espaço de tempo dormindo com uma mulher, se cansava dela e partia para outra.

De repente, a resposta ficou clara. Hank e Ruby não dormiam juntos. Era por isso que ambos andavam tão mal-humorados e insatisfeitos.

Sean quase riu da ironia. Durante todo esse tempo, sentira um pouco de inveja do sucesso do amigo, e Ruby estava mantendo Hank a distância. Com certeza, era bem mais sábia do que ele imaginara. Desejou saber se Deanna também descobrira a verdade, mas, a julgar pela maneira confusa como os estudava, parecia que não.

— Ei, Dee, quer dar uma caminhada? — convidou ele.
Ela o fitou.
— Agora?
— Parece um bom momento para mim. — Sean lhe lançou um olhar significativo por sobre a mesa.

Deanna analisou Ruby e Hank, e em seguida concordou com evidente relutância:

— Acho que sim. Venha, Kevin. Vamos dar uma volta.

Ruby os fitou, atônita.

— Vocês vão embora? — Uma leve nota de pânico soou em sua voz.

Deanna lançou-lhe um olhar preocupado.

— A menos que queira que a esperemos.

Hank prendeu a respiração, aguardando pela resposta de Ruby.

Ela o fitou, travou uma espécie de debate interno que Sean não foi capaz de interpretar e, por fim, fez uma negativa com a cabeça.

— Podem ir. Hank nem pediu nada ainda. Posso ficar com ele.

— Tem certeza de que não se importa? — insistiu Deanna, enquanto Sean segurava sua mão e começava a puxá-la para fora.

— Você já ouviu. Ela disse para irmos.

Kevin observou todos com impaciência.

— Vamos ou ficamos? — resmungou.

— Vamos — afirmou Sean.

Deanna, enfim, deu de ombros.

— Estamos indo, então. — Lá fora, ela olhou para Sean com uma careta. — O que foi? Por que estava tão ansioso para sair de lá?

— Discrição — respondeu ele.

— O quê? — Então Deanna compreendeu. — Ah, é claro!

— Vocês dois estão agindo de um jeito estranho de novo — declarou Kevin, desgostoso.

Sean riu.

— Você vai entender quando for mais velho.

— Então, para onde vamos? — perguntou o menino. — A comemoração acabou?

— Ainda não — assegurou-lhe Sean. — Que tal irmos para o meu apartamento?

A expressão de Kevin se iluminou na hora.

— Será que Mark e Davey estarão lá?

— É mais que provável.

— Legal! — disse o garoto, entusiasmado.

— Deanna, tudo bem para você, também? — perguntou Sean.

Para sua surpresa, ela pareceu hesitar, mas um olhar à expressão animada de Kevin a fez desistir de qualquer objeção que pretendesse fazer.

— Claro.

Assim que chegaram ao apartamento de Sean, Kevin viu as crianças mais velhas e disparou sem mais palavras. Deanna o observou correr com um misto contraditório de alívio e desalento no rosto. Sean desejou ser capaz de ler sua mente.

— O que houve? — Quis saber, preocupado em pressioná-la demais e ultrapassar alguns limites tácitos no que dizia respeito a Kevin. Achou que já haviam discutido o assunto, mas talvez ela pensasse de maneira diferente.

— Nada. Estou feliz por Kevin ter feito alguns amigos. Eles nem parecem se importar por ele ser mais novo. É quase como se tivesse irmãos mais velhos. Em casa, fala sobre os dois sem parar. — Ela sorriu. — Isso quando não está falando de você.

— Não há nada como ter irmãos. Ter sido abandonado pelos meus pais foi horrível, mas ser separado dos meus irmãos foi o pior. Éramos muito unidos, especialmente Ryan e eu. Mikey era mais novo que nós: tinha dois anos a menos que eu e quatro a menos que Ryan, mas sempre nos acompanhava, para onde quer que fôssemos.

— E os gêmeos? — perguntou Deanna. — Você nunca fala muito sobre eles.

— Com os gêmeos era diferente. Ainda eram praticamente bebês quando meu pai e minha mãe partiram. Tinham apenas dois anos de idade. No momento em que chegaram em casa, da maternidade, Ryan e eu passamos a tomar conta deles, alimentando-os, primeiro com mamadeiras, depois com aquela coisa pastosa que imita comida de verdade. — Ele estremeceu com a lembrança. — Espero nunca mais me deparar com um pote de peras ou cenouras amassadas. Jamais vi imundície pior na minha vida do que a que aqueles dois faziam para almoçar.

— Tem certeza de que essa não é a verdadeira razão para você não querer ter filhos?

— Comida de bebê?

Ela riu.

— Não. Refiro-me à sujeira que os bebês faziam quando os alimentava. Deve ter percebido o quão dependentes eles eram de você. Isso pode tê-lo assustado.

Sean recordou o modo como se sentia segurando os irmãozinhos, como se fosse de fato o herói de alguém. Não. Pelo contrário, essa emoção era a única razão que favorecia a ideia de ter filhos. Era o restante, o medo terrível de abandoná-los, que o mantinha solteiro e avesso à paternidade. Então resolvera ser um tipo diferente de herói, aquele que nunca arrisca o coração, apenas a vida.

— Pode ser — disse, por fim.

Deanna percebeu que o pressionara demais.

— Bem, como estão as buscas pelo paradeiro de Michael?

Sean deu de ombros, tão desconfortável com aquele tema quanto com o anterior. Apesar de o encontro com Ryan ter sido positivo, ele exibia sentimentos mistos sobre as buscas por Michael. A maior parte do tempo procurava não pensar no assunto.

— Não faço ideia, Deanna. Não tenho falado com Ryan nos últimos tempos.

Deanna o fitou com uma surpresa óbvia.

— Mas pode telefonar para ele ou ir visitá-lo, não pode? Você não disse que ele é dono de um restaurante?

— Sim, mas...

Na verdade, Sean não tinha uma boa razão para explicar por que evitava o irmão. Com certeza tinha algo a ver com a esmagadora sensação de felicidade que o inundara quando reencontrara Ryan. Não confiava nesse tipo de emoção. Não era duradoura. No fundo, estava à espera de que o irmão o procurasse. Talvez precisasse de uma prova de que Ryan voltara a fazer parte de sua vida para sempre.

Ou talvez fosse inveja por Ryan ter encontrado algo com Maggie que ele, Sean, não se permitia sentir.

— Eu gostaria de ir lá qualquer dia — comentou Deanna.

— Ir aonde?

— Ao restaurante do seu irmão. Amo música irlandesa. Imagino que eles devem tocar lá.

— Nos fins de semana — admitiu ele, ainda lutando contra o fato de que ela realmente sugerira ir com ele.

Deanna o encarou.

— Você me levaria lá, algum dia?

— O que está tentando fazer?

— Convidando-o para sair — respondeu ela, com uma expressão inocente. — Não fui clara o suficiente?

Sean a estudou, desconfiado.

— E se eu dissesse que a levaria a outro restaurante na cidade?

— Então eu diria que está evitando o seu irmão. E você, certamente, não vai querer que eu fique com essa impressão, não é?

Sean riu do estratagema. Até conhecer Deanna, não fazia ideia de quantos traços de covardia se escondiam dentro dele.

— Não, acho que não. Imagino que você deva ser muito insistente quando mete alguma coisa na cabeça.

— Sou — concordou, com orgulho. — Aprendi com Ruby.

Sean ergueu as mãos em um gesto de rendição.

— Iremos no primeiro fim de semana em que eu estiver de folga.

Curioso. Em vez de se sentir pressionado, Sean experimentou uma leve agitação de pura expectativa. Talvez Ryan não devesse ser o primeiro a tomar a iniciativa de se verem outra vez. Afinal, fora o irmão quem o procurara e o encontrara. E também lhe pedira para ser o padrinho em seu casamento. Talvez agora fosse a sua vez de assumir o risco e manter as linhas de comunicação abertas.

Sean encontrou o olhar penetrante de Deanna, viu a aprovação calorosa em seus olhos e percebeu que podia haver mais um benefício em abrir aquela pequena fresta no muro que circundava seu coração. Quem sabe, poderia haver espaço suficiente para uma mulher como Deanna entrar.

Capítulo Oito

Joey prometera a Deanna que ela poderia folgar na sexta-feira para visitar Ryan com Sean, mas na sexta, às três da tarde, ligou para o escritório dizendo que precisava que ela fosse trabalhar. Deanna pensou no quanto teve de se esforçar para conseguir convencer Sean a ir ao restaurante do irmão, e sentiu o coração afundar.

— Joey, não pode fazer isso comigo. Você prometeu.

— Estou desesperado — respondeu ele. — Pauline ficou doente.

— O que ela tem? — perguntou Deanna, preocupada.

A esposa de Joey lutava havia anos contra a diabetes. Às vezes, quando o movimento ficava especialmente agitado no restaurante, ela se esquecia de aplicar a insulina.

— Apenas um resfriado, mas a derrubou. Não quero que Pauline venha aqui anotar pedidos e espirrar em cima dos clientes.

Deanna suspirou. Não havia como argumentar contra aquilo.

— Está bem, vou trabalhar.

— Eu a compensarei, juro — prometeu Joey. — Tire o próximo fim de semana de folga, para recuperar todo o seu sono.

— Na próxima semana não vai adiantar.

Pelo menos não para o plano de ir com Sean visitar o irmão dele. Já sabia que ele ficava de plantão em fins de semana alternados.

— Quero o outro fim de semana, não o próximo. Com certeza. Está bem?

— Com certeza — concordou Joey.

— Coloque isso por escrito, com uma cláusula de multa, na hipótese de cancelamento — brincou ela.

Graças ao trabalho em um escritório de advocacia, Deanna aprendera algumas coisas sobre como proteger seus direitos.

— O quê? — perguntou Joey, confuso.

Deanna riu ao se imaginar tentando impor essa garantia, mesmo se conseguisse fazer Joey assiná-la.

— Não importa. Vejo você dentro de uma hora. — Assim que desligou, respirou fundo, pegou o telefone e ligou para Sean. — Preciso cancelar nosso compromisso desta noite — falou, quando ele atendeu. — Mas, mesmo assim, acho que você deve ir.

— Por que precisa cancelar? — Ele soava desconfiado. — Alguma vez teve a intenção de ir mesmo ou foi tudo uma armação para se certificar de que eu e Ryan não perderíamos contato?

— Claro que não! — respondeu, indignada. — Não faço armações.

— Certo. Por que então resolveu cancelar no último minuto?

Deanna tinha a impressão de que Sean não ia ficar muito satisfeito com a verdadeira razão.

— Tenho que ir trabalhar para Joey — admitiu e, em seguida, acrescentou: — A esposa dele está doente.

— E não há mais ninguém que ele possa chamar? — perguntou Sean, com ceticismo. — Há pelo menos mais uma garçonete lá, que eu saiba.

— Adele nunca trabalha nos fins de semana — explicou ela, referindo-se à outra garçonete que ele não conhecia. — Geralmente, somos apenas eu e Pauline. Como ela está doente, Joey ficou em um beco sem saída.

— Pelo menos desta vez, você não acha que ele poderia ter chamado Adele?

Deanna não viu nenhuma razão para explicar por que Adele sempre folgava nos fins de semana: ela cuidava de um marido doente nos dias em que o plano de saúde não cobria os cuidados de uma enfermeira.

— Não tem problema. Não me importo de trabalhar.

— Você precisa de folga — retrucou Sean. — E nós tínhamos planos.

Havia uma nota estranha em sua voz que ela não conseguiu decifrar.

— Você está mais chateado porque tenho que trabalhar ou porque precisei adiar a nossa visita ao restaurante?

— Ambos. Eu disse a Ryan que íamos visitá-lo, e também sei que você está no seu limite. Precisa de uma noite de folga.

— Sean, você pode ir ver Ryan sem mim. Você e seu irmão podem passar um tempo juntos. Vou conhecê-lo daqui a duas semanas — argumentou, razoável.

— E a pausa de que você necessita? Quando é que irá consegui-la?

Deanna perdeu a paciência.

— Quando eu puder — respondeu, em um tom de voz firme. — Sean, minha vida não é um dos seus projetos.

— Não tenho projetos — retrucou ele, claramente impaciente. — E não preciso disso.

— Bem, eu também não. Já tenho problemas de sobra sem ter que me justificar para você. — E Deanna desligou sem esperar para ouvir sua resposta. A julgar pelo tom zangado, Sean não estava pedindo desculpas.

DURANTE A noite toda, Deanna esperou erguer o olhar e ver Sean passando pela porta. Como não houve nenhum sinal de que ele iria aparecer, ela disse a si mesma que era melhor assim. Administrava sua vida razoavelmente bem fazia algum tempo. Não precisava de um homem interferindo em seu cotidiano e forçando mudanças que *ele* julgava serem para o bem dela.

Apesar dos pensamentos coerentes, não pôde deixar de sentir um aperto no coração quando Joey a deixou na frente do prédio de Ruby às dez e meia.

— Obrigado mais uma vez — disse o homem, quando ela saiu do carro. — Sinto muito mesmo por tê-la chamado para trabalhar hoje à noite e arruinar os seus planos.

— Pare de se desculpar. Eu disse que não havia problema.

— Então por que passou a noite inteira com aquela carinha de quem havia perdido o namorado? Você e Sean brigaram por causa disso, não é? Sei o quanto ele se aborrece por você trabalhar demais.

Era bem típico de Joey desenvolver uma percepção e sensibilidade quando havia algo que ela não queria discutir.

— Vou conversar com ele. — Joey se ofereceu quando Deanna permaneceu em silêncio. — Posso fazê-lo entender.

— Não, você ficará fora disso.

— Mas ele é um bom sujeito. Gosto dele. Pauline também. Ela vai me matar se achar que fiz alguma coisa para estragar o seu relacionamento com o rapaz. E, já que tudo isso aconteceu porque ela estava doente, vai ficar ainda mais chateada.

— Sean e eu não temos um relacionamento — explicou Deanna, sem saber ao certo o que os dois tinham. Parecia evoluir de dia para dia. Ou pelo menos havia evoluído. Ela suspirou.

Joey franziu a testa.

— Acho que é melhor mesmo eu falar com ele.

— Não. E ponto-final. Agora pare de se preocupar e vá para casa ver como está sua mulher. Deseje-lhe melhoras por mim.

— Vou esperar até você entrar — insistiu Joey. — Pisque as luzes, como sempre, então saberei que está segura.

Deanna se inclinou e beijou-lhe a bochecha.

— Você é um paranoico. Boa noite.

Assim que entrou no apartamento de Ruby, ela piscou as luzes. Em seguida, virou-se e se deparou com o rosto solene de Sean.

Seu coração quase saiu pela garganta. Não tinha certeza se era porque ele quase a matara de susto ou porque ficara muito feliz ao vê-lo. Decidiu optar pelo fator medo.

— O que é que está fazendo em minha casa, espreitando nas sombras? Quase me matou de susto!

— Desculpe. — Ele não parecia nada arrependido.

— Há quanto tempo está aqui?

— Cerca de uma hora. — Estava sentado na beirada do sofá, mas se ergueu e deu um passo em sua direção, depois parou, como se não soubesse o que fazer a seguir.

— Onde está Ruby?

— Saiu com Hank. Kevin está dormindo.

Primeiro, Deanna tentou processar o fato de que Ruby havia deixado seu filho com Sean sem falar nada com ela. Não que fosse um problema; no entanto, essa era mais uma coisa que Sean poderia usar como munição.

Ela sabia as razões para que ele agisse instintivamente quando achava que havia alguma negligência acontecendo, mas sempre machucava quando a acusação surgia, tácita ou expressa.

— Você é muito bem remunerado para bancar a babá. Quanto estou lhe devendo?

Ele franziu a testa, de leve.

— Não diga bobagens.

Algo em seu tom de voz a avisou que ele não estava com humor para brincadeiras. Deanna reprimiu outro comentário e disse, simplesmente:

— Estou impressionada que Kevin tenha ido dormir sabendo que você está aqui.

Ele sorriu.

— Ele já estava dormindo quando cheguei.

— Ah, isso explica tudo...

Sean enfiou as mãos nos bolsos, em um gesto que Deanna percebeu que significava que se sentia desconfortável.

— Então — disse ele, sem encará-la —, quer um café? Eu fiz um bule. Tive a impressão de que poderia ser uma noite longa.

— É?

— Acho que temos que esclarecer alguns detalhes.

Ela o estudou com curiosidade.

— O que, por exemplo?

— O fato de ficar tão nervosa apenas porque me preocupo com você. E de eu ter agido como um cavalo quando você não concordou com meus planos.

Deanna reprimiu um sorriso.

— Tem razão. Vou aceitar o café. Se temos tudo isso para discutir, com certeza será uma longa noite.

Deanna foi até a cozinha, pegou duas canecas do armário e serviu o café.

— Eu trouxe torta de limão do Joey — disse ela, segurando uma embalagem do restaurante. — Quer?

A expressão dele se iluminou.

— Claro!

Ela colocou uma fatia na frente dele, mas a segunda guardou na geladeira.

— Você não vai comer? — perguntou Sean.

— Apenas uma garfada da sua — respondeu ela, tirando dois garfos da gaveta. — Não estou com fome. Você se importa?

— Lógico que não.

Sean se inclinou para trás e a assistiu devorar mais da metade da fatia. Poucos minutos depois, Deanna olhou para o prato vazio, desgostosa.

— Por que não me fez parar?

— Há algo meio erótico em uma mulher com apetite saudável — disse ele.

— Mesmo quando ela está roubando a comida de seu prato?

Sean se inclinou e limpou uma migalha no canto da boca de Deanna.

— Mesmo assim — respondeu, solene, fitando-a nos olhos. — Desculpe-me, Deanna.

— Por quê?

— Por querer governar a sua vida. Sei que não tenho esse direito, mas odeio ver o que todo esse trabalho vem fazendo com você. — Com as pontas dos dedos, ele lhe traçou o contorno dos olhos. — Parece tão exausta. A prova está aqui.

— Isso não é maneira de levantar a autoestima de uma mulher.

— Só estou falando o que penso.

Ela suspirou.

— Sean, sei que você critica o meu estilo de vida porque se importa. Acho que me acostumei a ninguém, além de Ruby, se preocupar se estou desgastada ou não. Isso me causa um certo desconforto.

— Não posso prometer parar de me importar — disse ele, fitando-a com o semblante sério —, mas vou tentar parar de aborrecê-la.

— Isso seria bom. E eu tentarei não exagerar quando você perder a cabeça e se impuser de novo.

Sean lançou-lhe um olhar triste.

— Tem tanta certeza assim de que vou esquecer minha promessa?

— Tenho. Mas, curiosamente, acho que essa é uma das características de que mais gosto em você.

— E se importaria de dizer quais são as outras?

Ela riu, de repente se sentindo melhor.

— Pare de pedir elogios.

— Sabe, Deanna, qualquer dia desses teremos que lidar com o verdadeiro problema entre nós.

Ela engoliu em seco ao ver a expressão séria no rosto dele.

— E que problema é esse? — perguntou ela, não muito certa de querer saber.

— O fato de que eu a quero — afirmou, sem rodeios.

O desejo a envolveu como o calor de uma fogueira em uma noite fria de inverno. Recusava-se a afastar o olhar do brilho ardente daqueles olhos azuis.

— Acho que isso está claro o suficiente — disse ela, com a voz insegura, apesar de seu esforço para parecer *blasé*.

Um sorriso brotou nos lábios dele.

— Você não vai admitir, não é?

— Admitir o quê?

— Que me quer também.

Deanna se empertigou e perguntou, em sua melhor imitação de uma princesa arrogante falando com um camponês:

— De onde tirou essa ideia?

Para sua surpresa, Sean deu risada.

— Boa tentativa, querida, mas não vai ganhar nenhum prêmio pela atuação.

— Não estou atuando — disse irritada.

— Um beijo provaria o contrário.

— Está me desafiando a beijá-lo, Sean Devaney?

— Sim.

— Bem, esqueça. Não tenho que provar nada.

— Nesse caso não irá se importar se eu continuar acreditando no que quero acreditar.

Deanna lançou-lhe um olhar direto.

— Problema seu. Não posso controlar seus pensamentos.

— Mas pode provar que estou errado — respondeu ele, em um tom suave. — Ou melhor: pode tentar.

— Isso é tão... — Deanna não conseguia encontrar um único adjetivo para descrever ao quão baixo achava que ele havia chegado, mas, por fim, proferiu a primeira palavra que lhe ocorreu: — ... juvenil. É isso, juvenil.

Sean não parecia ofendido com a acusação. Na verdade, apenas deu de ombros.

— Já fui chamado de coisa pior.

— Não me espanta nem um pouco.

— Posso lhe fazer uma pergunta?

Ela o estudou, desconfiada.

— O quê?

— Que merda seu ex-marido aprontou para fazê-la perder a confiança em todos os homens?

Aquilo a pegou desprevenida.

Sean jamais demonstrara interesse algum em seu relacionamento com Frankie. E o ex-marido não era um tema que ela gostava de discutir.

— Não é suficiente ele ter me abandonado, antes de Kevin nascer, deixando-me sozinha com um filho para criar?

— Isso é hediondo — concordou Sean. — Porém, tenho um pressentimento de que existe algo além disso.

— O quê, por exemplo?

— Por que perder tempo especulando? Estou querendo uma explicação.

Deanna recordou seu breve casamento. Casara-se com brilho nos olhos, convencida de estar loucamente apaixonada e de que Frankie se sentia da mesma forma. Com apenas dezoito anos, desafiou os pais, abdicou da educação superior prometida, desistiu de tudo e de todos para viver com o charmoso patife que lhe roubara o coração.

Mas Frankie não queria apenas o seu coração. Para sua eterna vergonha, enfim Deanna se deu conta de que o marido estava mais interessado em seu fundo patrimonial, que o dinheiro fora a única razão que o levara a manter um compromisso com ela. Após algum tempo de casados, ao entender que não havia chance de nenhum dos dois colocar as mãos no dinheiro, Frankie perdeu o interesse e se foi com uma mulher um pouco mais velha e mais rica, alguém cujos pais não tinham deserdado.

A humilhação foi quase insuportável. Em hipótese alguma Deanna voltaria à casa dos pais para pedir-lhes ajuda. O que, na certa, fora o que Frankie supôs que ela faria. Deanna tinha certeza de que até aquele momento ele não fazia ideia da situação em que a tinha deixado.

Apesar da insistência de Ruby para que ela informasse aos pais o que aconteceu e lhes contasse que eles tinham um neto, Deanna se determinara a sobreviver por conta própria. Embora a lei tivesse lhe concedido direito a pensão alimentícia para a criança, ela jamais esperou ver um centavo; não de um homem que tinha intenção de ser sustentado pela família dela.

Foi um árduo trabalho triunfar sobre o passado, mas pelo menos Deanna não fora obrigada a ouvir um interminável sermão de "eu avisei". Um dia, quando de fato estivesse recuperada, procuraria os pais; mas não agora.

Entretanto, restaram todas aquelas cicatrizes, aquelas que a faziam duvidar do seu julgamento, que a faziam desconfiar de todos os homens. Não que agora alguém pudesse se interessar por ela por dinheiro, pensou, mal sufocando uma risada.

Deanna sentiu o olhar firme de Sean sobre ela, e, por fim, o encarou.

— Onde você estava? — Ele quis saber.
— No passado.
— Obviamente não em um momento feliz.
— Não — afirmou, sucinta.
— Vai me contar algum dia?
— Duvido.
— Por não conseguir falar sobre isso?
— Essa é uma das razões. Mas há outras. — Ela não queria a piedade de Sean, e com certeza não queria que ele soubesse o quanto fora idiota por se deixar enganar daquela maneira.

— Você o amava tanto assim? — indagou ele, em voz baixa.

Sim, ela o amara. Essa era a maior piada de todas. Amara Frankie de verdade; pelo menos, o homem que pensou que ele fosse. Imaginou-se vivendo uma espécie de fantasia de Romeu e Julieta, ambos desafiando todos os obstáculos do caminho para viverem felizes para sempre.

— Sinceramente, Sean? Eu nem sequer o conhecia.

SEAN NÃO conseguia esquecer o pouco que Deanna lhe revelara sobre seu relacionamento com o ex-marido. E também não conseguia evitar especular sobre tudo o que ela não dissera. Era apenas mais um mistério a ser desvendado, mais uma faceta a acrescentar àquela fascinação que não era capaz de deixar de sentir.

E, apesar de todas as suas promessas de parar de se intrometer, não conseguia deixar de se preocupar com o modo quase compulsivo como Deanna continuava a levar sua vida. Isso ia além de instinto de sobrevivência. Tinha algo a ver com o passado. Estava certo disso.

Apesar da promessa do patrão de ajudá-la a conseguir uma indenização do senhorio, pelo que ele podia ver, Deanna ainda vinha trabalhando até a exaustão. Alguns dias mais tarde, Sean sentiu-se orgulhoso por ter sido capaz de não se intrometer, levando-a para casa e não entrando, até que ela tivesse pelo menos 24 horas de sono ininterrupto. Mas cada vez que a via, as olheiras pareciam mais escuras, o cansaço em seus ombros, mais evidente.

Mesmo tendo resolvido se manter em silêncio, não podia evitar fazer o que podia para manter um olho nela. Algo lhe dizia que Deanna estava chegando ao limite, e Sean pretendia ficar por perto sempre que possível, para o caso de ela precisar de sua ajuda. O que começara como uma solução para se certificar de que Kevin vinha sendo bem-cuidado tornara-se uma obsessão em fazer o mesmo por Deanna.

— Sabe, Sean, gosto da comida de Joey, mas temos que comer lá todas as noites? — perguntou Hank, ao deixarem o quartel.

— Sim — afirmou, lacônico. Suspirou e passou a mão pelo cabelo, considerando todo o grupo de bombeiros com um olhar desolado. — Olha, aprecio muito o fato de vocês estarem dispostos a irem até lá.

— Não tem problema — disseram os outros em coro. — Ainda mais se você continuar pagando.

Sean estremeceu com a lembrança. Imaginou que se Deanna descobrisse sobre esse detalhe, ficaria furiosa por ele estar desperdiçando dinheiro apenas para mantê-la sob vigilância.

Quando os companheiros se afastaram, Sean se virou para Hank.

— A verdade é que estou preocupado com Deanna.

— Por quê? O que está acontecendo? — O amigo mostrava uma preocupação genuína estampada no rosto. — O ex dela não a está perseguindo ou algo assim, certo?

— Não. Mas ela parece cansada e nervosa. E não pode continuar nesse ritmo para sempre.

— E isso é problema seu por quê?

— Porque eu quis. Além do mais, não sei por que está reclamando, Hank. Esta é a noite do espaguete. Você vai encontrar com Ruby.

Hank ficou claramente desconfortável com a lembrança. Sean observou-o com atenção.

— Algo errado?

— Não — disse Hank, sucinto.

Embora sua expressão advertisse contra comentários adicionais, não impediu Sean de perguntar:
— Tem certeza?
— Deixe-me em paz, certo? Minha relação com Ruby não é da sua conta.
— A recíproca é verdadeira, sabia? Posso lhe dizer o mesmo sobre minha relação com Deanna.

O riso de Hank exibia pouca alegria.
— Como se vocês de fato tivessem uma.

O olhar de Sean se estreitou.
— Relacionamentos não se restringem apenas a sexo.
— É mesmo? — respondeu Hank, sarcástico. — Então me esclareça: o que mais existe nos relacionamentos?
— Não me surpreendo com o fato de você não saber. Sempre foi um sujeito volúvel, que não leva nada a sério.

Hank ergueu as mãos.
— Esqueça. Fiz uma pergunta séria, e em troca estou recebendo ofensas. Quem precisa disso? — Com tais palavras, Hank saiu do quartel, batendo a porta com força e deixando Sean boquiaberto.

Ora, ora, ora, pensou ele. Hank estava mergulhado até o pescoço em águas profundas e se debatendo. Sean reconhecia os sinais porque estava praticamente na mesma situação.

Suspirando, saiu atrás do parceiro, para fazer as pazes. Encontrou Hank sentado no estribo do caminhão de bombeiros, desanimado.
— Sinto muito. Eu não sabia que ela o estava afetando tanto.

Hank fez uma careta.
— Eu nunca disse...

Sean o interrompeu:

— Pode parar com isso. Se não puder contar a verdade para mim, vai contar para quem?

Por um minuto, Sean pensou que Hank ia se erguer e lhe acertar um soco, mas por fim ele deu ombros, dizendo:

— Certo, estou apaixonando por ela. Pronto. Confessei. Está satisfeito?

Sean sorriu.

— É um começo.

— Mas ainda não o ouvi admitir que está louco por Deanna.

— Sim, bem... talvez eu não esteja tão certo sobre meus sentimentos quanto você.

— Ah, conte outra! Todo mundo aqui sabe que você é o sr. Sensível.

Sean deu risada.

— Diga isso a Deanna.

— Para que gastar minha saliva? Eu vi a maneira como a garota olha para você. Ela já sabe disso.

— Na verdade, Deanna está achando que sou um intrometido e insistente, e não estou muito certo de qual dos dois ela considera o pior crime.

— Nesse caso, vamos logo para o Joey; assim você poderá reforçar a opinião dela — zombou Hank.

— Acha que eu deveria me afastar, dar-lhe algum espaço?

— Sim, se é o que ela diz que quer.

Sean considerou o conselho de Hank. Não queria se sentar no restaurante e assistir a Dee trabalhar apenas para satisfazer seus próprios instintos superprotetores.

— Talvez devêssemos comer aqui no quartel esta noite — disse ele, no exato momento em que chegou um chamado solicitando uma ambulância.

Embora não estivesse envolvido na ligação, por instinto ouviu a conversa da rádio-operadora.

Ele e Hank reconheceram o endereço no mesmo instante: o restaurante de Joey.

Sean sentiu o pânico dominá-lo, enquanto corria para o caminhão. Então parou e franziu o cenho para Hank.

— Você vem ou não?

— O chamado não é nosso. Deixe isso com os paramédicos.

— Ficou louco? Vá chamar o restante dos rapazes. Estamos saindo para lá agora. Pode ser algo com Deanna. Ou Ruby.

— É mais provável que seja com um dos idosos que comem lá todas as noites. — Mas Hank encolheu os ombros quando Sean se recusou a recuar. — Vou chamar o pessoal.

— Irei com os paramédicos. Eu o encontro lá. — Sean entrou pela traseira da ambulância de partida.

Sua cara fechada impediu que os paramédicos argumentassem com ele.

No instante em que chegaram ao restaurante, Sean foi apressado para a porta, examinando o aglomerado de pessoas em torno de alguém estendido no chão, à procura de algum sinal de Deanna.

— Deus, faça com que ela esteja na cozinha — murmurou ao atravessar o salão.

Mas algo lhe dizia que não a encontraria lá. Quando Kevin se moveu em meio à multidão, com os olhos cheios de lágrimas, Sean soube que algo estava errado antes mesmo de o menino alcançá-lo.

Ele tomou a criança nos braços.

— O que houve?

— Mamãe caiu. — Kevin soluçava, agarrado ao pescoço dele. — Ela não vai acordar.

Sean apertou-o com força e afagou-lhe as costas, trêmulas pelos soluços. Teria dado qualquer coisa para colocar Kevin no chão e correr para Deanna, mas entendia que os paramédicos sabiam o que estavam fazendo.

— Está tudo bem, Kevin. Os paramédicos vão cuidar dela — prometeu, dizendo as palavras em voz alta, tanto em benefício próprio quanto de Kevin.

Quando os clientes o reconheceram, se afastaram, abrindo caminho para que Sean pudesse se aproximar. Ruby chamou sua atenção.

— Acho que ela desmaiou — disse, muito pálida. — Não teríamos chamado a emergência, mas Deanna não voltou a si.

— Pode tomar conta de Kevin por um segundo para que eu verifique como ela está? — perguntou Sean, surpreso ao ouvir o som embargado de sua voz.

— Claro. — Ruby pegou o menino. — Venha cá, amigão. Vamos deixar que Sean ajude sua mãe.

Sean abaixou-se e respirou fundo ao ver o quanto Deanna empalidecera. Além disso, uma contusão já florescia em sua testa por ter batido com a cabeça no chão. Ela estava horrível.

Ele conseguiu encontrar um local próximo a ela que não interferiria no trabalho dos paramédicos e segurou-lhe a mão gelada.

— Ei, querida, acorde — chamou. — Deixe-me ver seus lindos olhos castanhos.

As pálpebras de Deanna tremeram, e um suspiro lhe escapou.

— Vamos, Deanna, você pode fazê-lo — persuadiu ele. — Acorde.

Ela se remexeu inquieta.

— Não.

A palavra foi apenas um sussurro, mas o fez sorrir.

— Por que não? Está gostando de bancar a Bela Adormecida?

— Não é isso — disse ela, com os olhos ainda bem fechados.

— O que é, então?

— Não quero ouvir você dizendo que me avisou.

Os paramédicos olharam para ele com um sorriso.

— Acho que ela está consciente — comentou um deles.

— Ou pelo menos permanecerá se você não a aterrorizar o suficiente para fazê-la desmaiar outra vez.

— Os sinais vitais estão fortes — confirmou outro.

— Vão levá-la ao hospital?

Ao ouvir a pergunta de Sean, os olhos de Deanna se abriram.

— Não. Nada de hospitais. Eu apenas desmaiei, pelo amor de Deus.

— Uma ida ao setor de emergência não lhe faria mal. — Sean ainda segurava sua mão. — Só para ser examinada e alguém dar uma olhada nesse calombo em sua cabeça.

— Nada de hospitais, por favor. Estou bem, não vê? — Ela começou a se sentar. Em seguida, segurou a cabeça e se deitou de novo.

— Pare, querida. Que tal aguardar até a tontura passar?

— Onde está Kevin? — Ela quis saber.

— Aqui no restaurante, com Ruby.

— Preciso vê-lo. Ele deve estar assustado.

Sean percebeu a ansiedade de Deanna e soube que ela estava preocupada com o estado de espírito de Kevin. E também temia que ele, Sean, encarasse o incidente como mais um exemplo de sua falta de dedicação à criança. Bons pais não caíam de cara no chão na frente dos filhos.

— Kevin ficou um pouco aflito, mas ele está bem. Não houve danos. — Sean a tranquilizou, esperando que Deanna entendesse a mensagem implícita. — Ei, Ruby, traga Kevin aqui. Alguém está pedindo para vê-lo.

Mais uma vez, Deanna se esforçou para sentar-se, agora segurando o braço de Sean para se apoiar. Quando o filho correu em sua direção, ela o envolveu em um abraço que fez Sean ter inveja.

— Mamãe, você está bem?

— Agora estou — assegurou-lhe.

Sean viu os dois abraçados e, pela primeira vez em muitos anos, sentiu-se como um intruso. O que o levara a pensar que poderia caber naquele pequeno círculo familiar? Deanna e Kevin tinham um ao outro, e isso parecia ser o mais importante para ambos.

A solidão que o assolava agora, de alguma forma, era ainda pior que a de anos atrás. Estava acostumado a senti-la, mas ultimamente se permitira sonhar. Fora um tolo, não havia dúvida quanto a isso.

Ciente de que Deanna ficaria bem, ergueu-se, deu uma última olhada nos dois, virou-se e se afastou. Algumas pessoas simplesmente não nasciam para transformar seus sonhos em realidade. E parecia que ele era uma delas.

Capítulo Nove

Deanna estava em casa, embaixo dos lençóis, na cama de Ruby, com uma bandeja de ovos mexidos, torradas, geleia de framboesa e chá na sua frente, às seis e meia da tarde. Ninguém dera ouvidos aos seus protestos de que se sentia perfeitamente capaz de terminar seu turno no restaurante. Sorriu, pesarosa. Talvez tivesse algo a ver com o seguro de Joey, que certamente não cobria desmaios de garçonetes no jantar dos clientes.

Ruby e Kevin, sentados ao lado da cama, a observavam atentos, como se temessem a possibilidade de ela voltar a desmaiar.

— Coma — ordenou Ruby, quando Deanna pegou o garfo e ficou olhando para comida.

— Não estou com fome.

— Sim, claro. Foi por isso que desmaiou, porque anda comendo demais o dia todo.

— Muito engraçadinha. — Deanna empurrou os ovos pelo prato. Então levantou o garfo, mas repousou o talher outra vez.

— Boa tentativa, mas tem que realmente pôr a comida na boca, para obter algum benefício. — Ruby estudou a amiga, preocupada, então olhou para Kevin. — Rapazinho, eu sabia que tinha esquecido alguma coisa. Que tal ir até a cozinha e pegar um copo de suco para sua mãe?

Deanna ia começar a protestar, mas se deparou com a expressão ameaçadora nos olhos de Ruby e manteve a boca fechada.

Assim que Kevin deixou o quarto, Ruby franziu a testa.

— Certo, quer me contar o que está havendo?

— Nada. Estou bem. De verdade.

— E eu sou a primeira-dama dos Estados Unidos — retrucou Ruby, em um tom permeado de sarcasmo.

— Está bem, é Sean — admitiu Deanna, com relutância. — Ele simplesmente sumiu. Em um minuto, estava lá me olhando, todo aflito. No próximo, tinha ido embora.

Ela notou que Ruby nem sequer tentou negar que havia algo estranho sobre o comportamento de Sean. Evidentemente também notara.

— Você o viu sair? Ele estava nervoso?

— A mulher de quem Sean gosta desmaiou enquanto servia macarrão. O que você acha? É claro que estava nervoso — respondeu Ruby, impaciente. — Quando ele entrou no restaurante e a viu no chão, pensei que fosse desmaiar ao seu lado.

Deanna recordou o tom suave e persuasivo da voz dele quando tentou despertá-la. E também se lembrou de outro detalhe, a visão rápida de uma expressão totalmente sombria em seu rosto, quando ela e Kevin se abraçaram. Em seguida, ela se concentrara em tranquilizar o filho e, ao erguer a cabeça, Sean havia desaparecido. A lembrança ainda a atormentava, quando a campainha tocou.

— Coma seu jantar. Eu vou abrir a porta — disse Ruby.

— A menos que se trate de um homem alto e bonito, vou

mandar quem quer que seja embora. — Considerou Deanna, com uma expressão austera. — Quanto a você, beba o suco quando Kevin trouxer.

— Sim, senhora — respondeu Deanna, com uma saudação debochada em resposta ao modo de falar autoritário da amiga.

Depois que Ruby saiu do quarto, ela remexeu os ovos, agora com menos vontade ainda de comê-los, e suspirou. Não conseguia afastar a sensação de que algo estava errado sobre a maneira como Sean deixara o restaurante.

— Assim não vai se recuperar tão cedo — repreendeu-a uma voz de desaprovação.

O olhar de Deanna voou direto à porta, onde Sean se encontrava parado, fitando-a com certa inquietação.

— Não estou com fome.

— Não é pelo modo como está deitada na cama? — Ele atravessou o quarto, deu uma olhada no prato com ovos frios e torradas e torceu o nariz. — Dê-me isso.

Deanna segurou firme a bandeja.

— Por quê?

Ele revirou os olhos.

— Você tem que discutir sobre tudo?

— Quase tudo. Caso contrário, as pessoas tendem a querer me dar ordens.

— Isso só acontece quando você permite. — Sean afastou os dedos dela suavemente e levou a bandeja. — Eu já volto.

Deanna o observou, mais confusa que nunca. Não parecia com raiva, nem mesmo chateado, apenas um pouco triste.

Passaram-se vinte minutos antes de Sean retornar ao quarto, trazendo a mesma bandeja com um prato fumegante de rabanada com uma camada de açúcar e canela. Colocou a bandeja sobre os joelhos dela e a encarou com uma expressão séria.

— Bem, existem duas maneiras de lidarmos com o problema — disse ele. — Você pode comer sozinha, como uma mulher inteligente que nós dois sabemos que é.

Deanna teve que lutar para conter o riso.

— Ou?

Sean sorriu, parecendo muito ansioso por ela testá-lo.

— Ou posso lhe dar na boca.

— Gostaria de vê-lo tentar. — Mas Deanna pegou o garfo e começou a comer. Após algumas garfadas, fitou-o, surpresa. — Isto está muito bom. Foi você quem fez?

— Com minhas próprias mãos. Quando vivemos sozinhos, temos que aprender a cozinhar uma coisa ou outra, caso contrário somos obrigados a viver de comida congelada. E, no quartel, todos temos que fazer um turno na cozinha. Acredite, nenhum de nós faz corpo mole. Homens famintos não ganham a guerra.

Deanna sorriu.

— O que mais sabe cozinhar?

— Dê-me um livro de receitas, e tento qualquer coisa.

— Você será um marido maravilhoso para alguma mulher de sorte. — Esperava que a observação irônica o fizesse rir, mas, em vez disso, uma expressão sombria lhe escureceu os olhos de novo, antes de ele se virar e olhar pela janela. — Sean?

— Sim? — Ele se voltou devagar.

— Obrigada por ter ido ao restaurante de Joey. Sei que não era sua obrigação.

— Não foi nada.

— Mas significou muito para mim. Eu o ouvi.

— Como assim?

— Quando ainda estava inconsciente, ouvi a sua voz. Acho que isso me fez recuperar os sentidos.

Sean deu de ombros, parecendo desconfortável.

— Você disse algo parecido na hora. — Um sorriso surgiu em seus lábios. — Disse que era por esse motivo que não queria abrir os olhos, porque não queria ter que me enfrentar quando eu dissesse que a avisei.

Deanna lembrava-se vagamente de ter dito aquilo.

— E... você não disse que me avisou, disse?

— Não. Achei que você tinha captado a mensagem.

— Por que foi embora sem dizer nada?

— Você estava em boas mãos. Não precisava de mim por perto.

Deanna ouviu as palavras ditas de modo casual, mas também tinha quase certeza de que tinha captado algo mais, algo parecido com muito sofrimento.

— Sean?

— Olha, eu preciso ir. Não deveria ter deixado o quartel, mas queria vê-la. — Ele se abaixou e deu-lhe um beijo rápido na testa. — Coma até a última garfada. Se não fizer isso, ficarei sabendo.

— Ruby anda fazendo fofoca sobre mim de novo?

Sean sorriu.

— Ruby *e* Kevin. Você não vai conseguir esconder nada de mim.

Havia algo estranhamente reconfortante naquilo, pensou Deanna, enquanto terminava a refeição e aos poucos era vencida pelo sono. Não era algo que pretendia lhe dizer, no entanto.

ALGO HAVIA mudado entre eles, concluiu Sean, no trajeto de volta ao quartel. Não conseguia descobrir o que, mas deixara o apartamento de Ruby com a sensação de que ele e Deanna estavam se entendendo melhor. Ainda não tinha certeza se isso era bom. Não estava muito eufórico com a possibilidade de ela estar começando a enxergar através de suas defesas.

Tampouco lhe agradava aquela necessidade de querer vê-la para se assegurar de que estava bem. Será que não aprendera nada desde aquele momento no restaurante de Joey, quando se sentira um estranho olhando o mundo coeso de Deanna e Kevin? Pelo visto não, porque apenas algumas horas depois não fora capaz de conter-se e voltar a procurá-la.

Como pôde comprovar, ele estava certo. Era óbvio que Deanna não aprendera nada com o episódio do desmaio. Não havia tocado a comida que Ruby lhe preparara. Precisava de alguém que cuidasse dela.

Estaria ele preparado para ser esse alguém? A imagem de Kevin lhe veio à mente. Se alguma vez um menino precisara de um pai, esse menino era Kevin. Mas merecia um que permanecesse por perto em longo prazo. Sean não estava convencido de que poderia ser esse homem.

Talvez, se fossem apenas ele e Deanna, pudesse dar esse tiro no escuro sobre o qual seu irmão comentara ao se casar com Maggie. Mas não com uma criança envolvida, um garoto que não merecia sofrer caso o relacionamento dos dois não desse certo.

Sean suspirou profundamente. As coisas começavam a ficar complicadas demais. Ficou quase aliviado quando surgiu uma chamada, menos de dez minutos após ele ter chegado ao quartel. Subiu no caminhão e saiu, ansioso pela distração, ansioso por estar fazendo algo em que sabia que era bom.

É CLARO que um incêndio podia ser tão imprevisível quanto uma mulher, não havia dúvida quanto a isso. O que deveria ter sido uma operação rápida acabou varando a noite, com mais dois destacamentos envolvidos. O incêndio, que começara em um fogão de cozinha, se espalhou para as cortinas próximas, antes que a velha senhora que ali vivia percebesse que havia algo errado. Em vez de ligar para a emergência, ela saiu correndo e gritando do apartamento, o que deu às chamas alguns minutos a mais para arderem, fora de controle, na antiga construção de madeira.

— O que houve? — murmurou Hank, ao chegarem e encontrarem as labaredas saindo pelas várias janelas do terceiro andar. — Pensei que o jantar de alguém havia queimado.

Sean se dirigiu a um dos moradores:

— O local já foi evacuado?

O homem estava claramente abalado.

— Não tenho certeza. Acabei de me mudar, na semana passada. Moro no segundo andar.

— Quantos apartamentos existem neste prédio? — perguntou Sean.

— Seis, dois por andar.

— Certo, já contamos com seu apartamento.

— E o da sra. McGinty, onde tudo começou — disse o homem. — Ela está bem ali. E ao seu lado, a vizinha do terceiro andar.

— Isso nos deixa com um total de mais três apartamentos sobre os quais não sabemos. — Sean olhava para Hank. — Um no segundo andar e dois no primeiro.

Ele avistou o tenente da corporação tentando obter informações semelhantes com a velhinha chorosa e sua vizinha.

— O que temos, Jack? — gritou ele, quando puxou as mangueiras para a frente do edifício onde as labaredas começavam a disparar através do telhado.

— Todos foram contabilizados, exceto um senhor que mora no segundo andar. Ele é meio surdo. Os vizinhos tentaram bater na porta, mas não podiam esperar. Estava quente demais.

— Vou entrar — afirmou Sean, sem hesitar.

— Não deve subir lá — protestou Jack Beatty. — O terceiro andar está dominado pelas chamas. Pode ceder a qualquer momento. Você ficaria preso.

— Não deixarei o homem morrer lá dentro — argumentou Sean, sem esperar pela permissão, antes de passar com dificuldade sobre os equipamentos para entrar no prédio.

No interior, o calor o atingiu em ondas, acompanhado por uma espessa fumaça que turvava sua visão e o sufocava.

— Droga, Sean, está louco? — gritou Hank, atrás dele.

— É apenas um lance de escadas. Vou conseguir — insistiu, agachando-se para tatear o caminho até a escada. — Você pode voltar.

— De jeito nenhum. Não conseguirei viver com a culpa se algo lhe acontecer enquanto eu fico morcegando ao ar livre. Agora pare de discutir e vamos em frente, enquanto ainda podemos entrar e sair.

Quando Sean chegou ao patamar do segundo andar, a fumaça era tão densa que mal podia enxergar um palmo à frente do nariz. Ouviu o crepitar das labaredas sobre sua cabeça e o chiar da água tentando apagá-las.

— Vamos lá. Cinco minutos. Dez, no máximo. É tudo de que preciso — murmurou para si mesmo.

Por sorte, havia apenas dois apartamentos. A porta do apartamento da direita estava entreaberta. Mais do que provável que fosse o do homem que estava lá fora. Isso significava que o senhor surdo deveria estar preso no apartamento da esquerda.

Caminhou até lá, estendeu a mão e girou a maçaneta. O metal estava quente ao toque, mas não insuportável. Não havia fogo no interior do imóvel; ainda não, pelo menos. Infelizmente, no entanto, a porta estava trancada.

Sean soltou um palavrão.

— Hank, vamos ter que arrombá-la.

— Para trás. Deixe comigo. Prepare-se para entrar quando eu terminar de contar até três. Está pronto?

— Pronto. — Sean se afastou.

Hank contou rápido e, em seguida, enfiou o pé na porta com força, logo abaixo da fechadura. As dobradiças cederam, e no instante seguinte Sean estava dentro do apartamento, chamando, tateando o caminho através da espessa fumaça, tossindo, apesar do equipamento de segurança destinado a protegê-los.

Segundos depois, encontrou o senhor no quarto, ao lado da janela. O pobre homem desmaiara antes que pudesse abri-la para pedir ajuda. Sean o ergueu nos braços e estava prestes a se virar e sair pelo mesmo caminho pelo qual entrara quando a madeira do teto se estilhaçou e vigas incandescentes desabaram ao seu redor, bloqueando a rota de fuga pretendida.

— Hank!

— Estou bem, mas não vamos sair da maneira mais fácil. Abra a janela. Estou bem atrás de você.

Apesar da segurança nas palavras de Hank, Sean conhecia o parceiro melhor que qualquer pessoa na Terra. Assim, captou a frágil indecisão em sua entonação, que ninguém mais teria sido capaz de perceber.

— Droga, Hank, o que há de errado? Não é hora de mentir para mim!

— Vá embora, saia daqui — gritou Hank, de volta.

Sean entendeu que o amigo não estava tão perto quanto ele gostaria que estivesse. Colocou o velho no chão por tempo suficiente para abrir a janela. Em segundos, havia uma escada de encontro à parede do edifício, e ele pôde entregar a vítima ao bombeiro. Ainda não havia nenhum sinal de Hank.

Sean olhou para trás, através das labaredas, estremecendo com a ardência provocada pela fumaça, que lhe turvava a visão. Avistou Hank além da viga em chamas, deitado no chão, imóvel. Sean teve que lutar contra a onda de pânico que subiu pela sua espinha. Não sairia dali deixando o parceiro para trás; ponto-final.

Virou-se para o bombeiro no topo da escada.

— Vou voltar para buscar Hank.

— Droga, Devaney, não dá tempo!

— Quero você fora daí agora mesmo! — ordenou o tenente, lá de baixo.

— De jeito nenhum vou deixar Hank aqui. Desça — disse ele ao outro bombeiro. — Dê-me alguns minutos. É tudo de que preciso.

O homem parecia prestes a argumentar, mas então desceu, gritando para os bombeiros que estavam embaixo. A água começou a espirrar para baixo através do telhado destruído.

As labaredas chiavam, estalavam, mas não se extinguiam. A fumaça cresceu espessa e ainda mais ácida, como acontecia com uma fogueira encharcada pouco antes de se apagar.

Sean se esquivou de outra viga que caiu envolta em chamas para se aproximar de Hank. Não perdeu tempo com perguntas sobre os ferimentos do amigo. Que inferno, não tinha certeza nem se Hank estava consciente! Apenas o ergueu como se ele fosse uma pluma e retornou pelo caminho em direção à janela, ignorando o calor, completamente concentrado em sair com seu parceiro para a segurança da rua.

Entregou o corpo inerte de Hank pela janela a outro bombeiro, esperou alguns instantes, então desceu atrás deles. No degrau mais alto, arrancou o equipamento e inalou uma lufada de ar fresco, tossiu, engasgou e, em seguida, inalou um pouco mais. Só quando colocou os pés em terra firme novamente a descarga de adrenalina desapareceu. Assim que chegou ao local onde os paramédicos examinavam Hank, Sean desabou, exausto.

— Ele vai ficar bem? — perguntou, a voz rouca.

— Parece que quebrou o tornozelo — respondeu Cal Watkins. — Inalou bastante fumaça, também, mas vai ficar bem. — Ele olhou para Sean. — E você?

— Tudo em ordem.

Cal torceu o nariz.

— Sim, você parece bem, como se tivesse fumado por cerca de cem anos e não conseguisse mais respirar. — Ele colocou uma máscara de oxigênio sobre o rosto de Sean, e em seguida estudou-o com mais atenção. — Um par de pequenas queimaduras em seu rosto bonito também. Não se preocupe, vão lhe conferir apenas um pouco mais de respeitabilidade. Você pode pegar uma carona para o hospital na mesma ambulância de Hank.

Sean nem sequer sentira as queimaduras. Agora, porém, com a adrenalina se esgotando e o alívio dominando-o porque Hank ia ficar bem, começava a sentir dor. Não era uma dor superficial, como alguns dos outros rapazes descreviam após se queimarem, mas intensa o suficiente para impedi-lo de discutir se ia ou não para o hospital.

Além do mais, um olhar à expressão feroz de seu tenente deixou claro que estaria melhor na sala de emergência do que ali, enfrentando a tempestade que se formava por causa de sua decisão de entrar no prédio em chamas, não apenas uma, mas duas vezes, desafiando as ordens de seu superior.

Graças às inúmeras visitas feitas aos colegas que se feriam, Sean possuía certa camaradagem com a maioria dos especialistas em queimaduras do hospital. Era a primeira vez, porém, que se tornava o alvo da atenção deles. Pareciam um bando de galinhas chocas.

Ele tentou explicar-lhes que estava bem para ir para casa, mas, antes que pudesse convencê-los, viu-se no andar de cima, em uma sala com um Hank resmungando na cama ao lado e um enfermeiro, que parecia um armário, parado à porta.

Tentou o telefone, mas as ligações estavam bloqueadas. Então virou-se para o enfermeiro.

— Acho que você não pode ligar este telefone, pode? — perguntou.

Precisava ligar para Ryan, para o caso de a notícia sobre seus ferimentos vazar. Pensou na possibilidade de ligar para Deanna, mas decidiu que podia esperar até depois do amanhecer. Ela precisava dormir.

— Só amanhã, na parte da manhã — afirmou o enfermeiro.

Sean tentou seu melhor sorriso.

— É quase de manhã. Que diferença algumas horas podem fazer?

— As ordens estão no seu prontuário. Nada de telefonemas. Nada de visitas até amanhã. Vocês dois precisam descansar um pouco.

— E o senhor que tiramos daquele prédio em chamas? Como ele está?

O enfermeiro encolheu os ombros.

— Não tive notícias.

— Poderia tentar descobrir alguma coisa? Afinal, arriscamos a vida para salvá-lo. Eu ia dormir melhor sabendo que ele está bem.

O homem fez uma careta de desagrado, mas acabou cedendo.

— Vou verificar. Você, fique aqui.

Assim que o enfermeiro se foi, Sean pulou para fora da cama, amaldiçoando a indignidade do avental do hospital que usava. Caminhou até a porta, abriu-a e espiou, quando, de repente, um perfume familiar atraiu sua atenção. Ao olhar para a frente, se deparou com o rosto aflito de Deanna. Ruby estava com ela.

— Pretende ir a algum lugar? — perguntou ela, com um tom suave.

— Procurar um telefone que funcione — admitiu, surpreso com a felicidade que sentiu ao vê-la.

— Não para me ligar, certo? Não lhe ocorreu que Ruby e eu poderíamos ficar sabendo sobre o incêndio e tudo o que houve?

O tom irritado o fez franzir o cenho.

— O dia ainda não amanheceu. O noticiário local nem entrou no ar, e duvido que o incêndio tenha tomado proporções grandes o suficiente para passar na CNN.

— Na verdade, o seu superior nos ligou, porque Hank lhe pediu — disse Ruby. — Ele também tentou avisar Ryan que você estava aqui.

Sean nem tentou esconder seu espanto.

— O tenente ligou para você e para o meu irmão?

— Isso sim é um homem — disse Deanna. — Parece entender a importância de manter amigos e familiares informados.

— É claro que o pessoal do hospital nos barrou na sala de espera — reclamou Ruby. — Mas, agora que você já tentou escapar, acho que podemos entrar e evitar mais tentativas de fuga. Saia da minha frente, bonitão. Preciso ver com meus próprios olhos que Hank está inteiro.

Ruby passou por Sean, deixando-o sozinho para enfrentar uma Deanna ainda indignada.

— Eu ia avisá-la sobre o ocorrido, juro. Mas você não estava muito bem, ontem. Não queria preocupá-la...

— Boa tentativa, mas não vou cair nessa. Para quem você estava querendo ligar? E não tente fingir que era para mim.

— Na verdade, era para Ryan.

Ela assentiu com a cabeça.

— Boa escolha. Dê-me o número. Tentarei outra vez. Vou dizer a ele para vir visitá-lo daqui a algumas horas, depois que você dormir um pouco.

Para quem desmaiara menos de doze horas antes, Deanna parecia incrivelmente forte. E não aparentava inclinada a aceitar um não como resposta. Sean não sabia bem o que fazer com aquela nova e autoritária Deanna que se encontrava à sua frente lhe dando ordens. Aquela mulher não parecia precisar de alguém para cuidar dela. Estava mais para um anjo vingador.

— Onde está Kevin? — Sean quis saber.

— Dormindo na sala de espera.

— Leve-o para casa. Como pode ver, estou bem.

Deanna estendeu a mão como se fosse lhe tocar o rosto; em seguida, baixou-a, com os olhos cheios de lágrimas inesperadas.

— Sim, dá para notar.

— Queimaduras superficiais. — Sean apertou-lhe a mão e deu-lhe um beijo nos dedos. — Vão sarar antes que você perceba.

— Poderia ter sido pior — murmurou ela, com um arrepio.
— Mas não foi.
— Eu ouvi toda a história. O tenente estava furioso, mas disse que você salvou duas vidas esta noite, a de Hank e a do senhor preso no apartamento.

Sean suspirou aliviado.

— Então ele vai ficar bom. Acabei de enviar o enfermeiro ao posto de enfermagem para conseguir notícias.

— Vai, com certeza. E você enviou o enfermeiro para poder fugir do quarto, isso sim.

Ele sorriu.

— Também.

— Pensei tê-lo ouvido dizer que Hank era o viciado em perigo — observou Deanna, com a expressão fechada outra vez. — Mas o tenente afirmou que foi você quem se arriscou esta noite.

— Riscos calculados — insistiu Sean. — Há uma diferença.

Para o seu constrangimento, no entanto, os acontecimentos da noite, por fim, o dominaram, e seus joelhos quase cederam. Sean amparou-se no batente da porta, mas Deanna de imediato colocou o braço sob o ombro dele e o levou de volta para o leito, proferindo uma enxurrada de palavrões durante todo o trajeto.

Ele deu risada.

— Espero que você não use esse linguajar na frente de Kevin.

— Claro que não. — Ela torceu o nariz. — Ele não merece.

— E eu mereço?

Deanna o acomodou na cama e puxou o lençol, como se estivesse cobrindo o filho. Dessa vez, quando estendeu a mão em sua direção, afagou-o, afastando-lhe o cabelo com delicadeza da testa.

— Sim. Eu acho que merece.

Sean suspirou, relaxando por fim. Seus olhos começaram a se fechar.

— Não era para ser assim, Deanna. *Eu* deveria estar cuidando de você.

— Ainda não percebe que há pessoas que se preocupam com você agora? — sussurrou Deanna. — Gente que ficaria arrasada se algo lhe acontecesse?

Suas palavras veementes mergulharam no subconsciente de Sean, que finalmente adormeceu, com um sorriso no rosto.

Capítulo Dez

APESAR DAS garantias de que Sean iria ficar bem e que, talvez, tivesse alta do hospital ao meio-dia, Deanna se recusou a ceder e sair de sua cabeceira. Ruby também se mostrou tão inflexível quanto ela, negando-se a se afastar de Hank.

Deanna retirou-se apenas tempo suficiente para buscar o filho. Kevin entrou no quarto, estudou Sean atentamente, como se quisesse certificar-se de que o seu herói estava bem, depois voltou a dormir em uma cadeira, em um canto.

Deanna jamais se sentira tão apavorada quanto na noite anterior, quando o tenente ligara para informar a Ruby sobre o incêndio. Nem vira Ruby tão abalada antes. Apesar de o tenente afirmar que ambos os homens ficariam bem, nenhuma das duas hesitara em se vestir e correr para o hospital para vê-los pessoalmente.

— Nunca me senti tão exausta em toda a minha vida — resmungou Ruby do outro lado do quarto.

— Foi uma longa noite. Talvez devêssemos voltar para casa, tomar banho e ir para o trabalho — disse Deanna, sem muito entusiasmo.

Ruby fitou-a como se ela fosse louca.

— Não irei a lugar algum. Vou ligar para o escritório e explicar as coisas para Charlotte, a cobra.

Deanna conseguiu esboçar um sorriso ao ouvir o apelido venenoso, mas perfeito.

— Você tem que parar com essa mania de chamá-la assim. Qualquer dia desses irá falar isso na frente dela.

— Bem, ela é mesmo uma cobra — replicou Ruby. — Basta ver o que fez com você, deixando-a levar uma bronca por causa do relatório que não foi enviado ao outro escritório de advocacia. Tenho certeza de que Charlotte jamais assumirá o erro perante Hodges.

— Ela tem se mostrado melhor desde então. Você não percebeu? Diz "bom dia" quando chega e acrescenta "por favor" e "obrigada" quando dá ordens.

— Apenas porque está com medo de que você a delate a Hodges — insistiu Ruby.

— Ei, senhoras, podem falar mais baixo? Estou morrendo de dor de cabeça — murmurou Hank, com a voz grave.

Ruby se ergueu no mesmo instante, a expressão em seu rosto muito reveladora. Deanna desejou saber se Hank havia notado. Seria inteligente o suficiente para perceber todo o amor que Ruby de bom grado lhe dedicaria se ele estivesse preparado para recebê-lo?

— Ei, linda. — O chamado de Sean desviou a atenção de Deanna para longe do outro casal.

Ela sorriu.

— Agora sei que seus ferimentos são mais graves do que me disseram, se me acha linda.

— Você *é* linda. — Ele ia começar a sentar-se, mas estremeceu e voltou a se deitar. — Ficou a noite toda aqui?

— Sim.

— E Kevin?

Ela fez um gesto em direção ao canto.

— Dormindo.

— Vá para casa.

— Tentando se livrar de mim depois de eu ter investido todo esse tempo e essa energia me preocupando com você? — brincou ela.

— Você desmaiou ontem. Precisa repousar também. — Um sorriso diabólico espalhou-se em seu rosto. Ele deu uma batidinha no seu lado na cama. — É claro que há espaço de sobra aqui.

Deanna riu.

— Eu não acho. A propósito, depois que você adormeceu, tentei falar com seu irmão, mas ninguém atendeu no apartamento dele. Então deixei uma mensagem na secretária eletrônica do restaurante. Alguém chamado Rory ligou para cá, há pouco, e falou com a enfermeira. Disse que Ryan e Maggie se ausentaram por dois dias, mas chegarão esta tarde, e ele vai informar-lhes o que aconteceu.

— Obrigado. — Sean olhou para o outro lado do quarto, em direção a Hank. — Ei, amigo, como está se sentindo?

A resposta ácida de Hank fez todos rirem.

— Cuidado com a língua — disse Sean, em um tom sério. — Kevin está aqui.

Hank fez uma careta.

— Sinto muito. — E calou-se por instantes, com uma expressão ilegível. — Amigo, estou lhe devendo uma.

— Não me deve nada, Hank. Você teria feito o mesmo por mim.

— O que não muda o fato de você ter arriscado a vida para me salvar.

— Para começo de conversa, fui o único responsável por você ter entrado no prédio. Se eu não tivesse sido tão teimoso, você não estaria em perigo.

Deanna ouviu o lamento inconfundível na entonação de Sean, e soube que ele iria se culpar pelo resto da vida se não tivesse conseguido salvar Hank. Ela pegou a mão dele e a apertou.

— Vocês dois deveriam agradecer a Deus por estarem aqui para contar a história — disse ela. — Não podem voltar no tempo e mudar os fatos.

Sean a estudou, atento.

— O mesmo se aplica a você, Deanna.

Antes que ela pudesse responder, Kevin deu um longo bocejo, pestanejou e olhou ao redor do quarto, até seu olhar encontrar o de Sean.

— Sean... — disse o menino, sonolento.

— Oi, garoto.

Usando meias, mas sem tênis, Kevin acomodou-se na beirada da cama, seu olhar imediatamente atraído pelo rosto ferido de Sean.

— Isso dói?

— Não muito.

Kevin anuiu com a cabeça, pensativo.

— Ainda assim, fiquei pensando... Talvez eu não queira ser um bombeiro quando crescer. Pelo jeito, não é difícil acabar machucado.

— Ele já tirou você do pedestal. — Hank provocou o amigo.

Deanna viu um lampejo de tristeza nos olhos de Sean, mas ele conseguiu esboçar um sorriso.

— Você ainda tem muitos anos pela frente antes de decidir o que quer ser — disse ela ao filho.

— Talvez seja melhor ser médico — concluiu Kevin.

Ruby sorriu e brincou:

— Aí terá que aprender a dar injeção.

Hank gemeu.

— Não fale sobre injeções, está bem?

Os olhos de Kevin se arregalaram e piscaram diante da nota de pânico evidente no pedido de Hank. Ruby e Deanna o fitaram, e Sean começou a rir.

— Não me diga que você tem medo de injeção... — Ruby se admirou com a evidência de que o bombeiro corajoso possuía uma fraqueza muito humana.

— E se tiver? — replicou, defendendo-se. — Respeito saudável por agulhas me parece uma reação perfeitamente normal.

O mesmo enfermeiro que estivera de plantão durante a noite apareceu logo em seguida e ouviu o comentário de Hank.

— Ah, não me diga que vou precisar de reforço para isso.

Hank fez uma careta.

— Quem é você?

— Nosso carcereiro. — Sean franziu o cenho. — Lembro-me de tê-lo visto quando chegamos. E a julgar pela bandeja que carrega, está armado.

Ruby se inclinou até seu rosto ficar a poucos centímetros do de Hank.

— Concentre-se em mim. Prometo que não vai doer nada — murmurou e, em seguida, olhou para cima e piscou para o enfermeiro.

Hank abriu a boca para protestar, mas ela o calou com um beijo, enquanto o enfermeiro lhe aplicava a injeção.

Deanna fitou Sean e viu o brilho especulativo em seus olhos, quando o enfermeiro caminhou na sua direção.

— Esqueça — disse ela.

— O quê?

— Você já é um menino crescido. Tome a sua injeção como um homem.

Kevin franziu a testa.

— Mas, mamãe, não pode ao menos beijá-lo para diminuir a dor?

— Sim, isso não é pedir demais, é? — E corajosamente Sean estendeu o braço para tomar a injeção, mas sem desviar o olhar do rosto dela.

— Ah, pelo amor de Deus! — murmurou Deanna, após o enfermeiro terminar. Então inclinou-se e beijou-o no braço. Duvidava que ele estivesse com dor. — Sente-se melhor?

As íris de Sean brilhavam com pura malícia.

— Ainda não, mas acho que estou chegando lá. — Ele bateu com a ponta dos dedos sobre os lábios. — E outro aqui?

Deanna colocou as mãos nos quadris e franziu o cenho.

— Aconteceu algo em sua boca?

— Está doendo demais — assegurou Sean.

— Mentiroso — acusou ela, mas não conteve o riso. E se sentia bastante tentada.

— Dói muito. De verdade.

Ciente de que a sala estava cheia de espectadores ávidos, lhe restavam apenas duas opções. Podia ignorar a provocação, a nota melancólica na voz dele, deixar o quarto e ser rotulada de covarde. Ou beijá-lo e permitir que Sean lhe embaralhasse os sentidos mais uma vez.

Aproximando-se, Deanna o encarou e curvou-se, parando apenas quando os lábios dele se abriram. *Deixe-o esperar*, ela pensou. *Deixe-o experimentar aquela sensação de antecipação que ele provoca em você.*

Mas antes que Sean pudesse pensar ou sentir qualquer coisa, ele lhe rodeou a nuca com a mão e a atraiu de encontro aos lábios. O beijo provocante que Deanna pretendia lhe dar se perdeu em um redemoinho de sensações primitivas e um calor avassalador.

Pelo visto, porém, Sean estava tão consciente quanto ela da plateia presente, porque a soltou apenas segundos depois. Quando Deanna se apoiou na lateral da cama e tentou recuperar a compostura, ele lhe deu uma piscadela.

— Já estou me sentindo melhor — anunciou, alegre. — E você?

Deanna se inclinou e sussurrou para que só ele pudesse ouvir:

— Sinto uma necessidade quase irresistível de fazê-lo pagar por isso.

A risada de Sean ecoou na sala.

— Mal posso esperar.

SEAN ESTAVA nervoso. Os médicos se recusaram a dar alta a Hank. Mesmo tendo sido liberado por volta do meio-dia, Sean permaneceu no hospital para garantir que seu parceiro não fizesse nada estúpido. Finalmente, havia convencido Ruby, Deanna e Kevin a irem para casa para dormir um pouco, por isso não tinha ninguém para conversar, exceto o homem que rosnava as poucas respostas que se dignava a dar. Obviamente, para Hank, Sean era um traidor por não o ajudar a escapar dali.

A enfermeira do turno da manhã era uma jovem bonita chamada Susie, uma melhoria considerável em relação ao carrancudo e musculoso enfermeiro da noite. No passado, Sean teria vagado até o posto de enfermagem e flertado com ela, para matar o tempo. Mas imagens de Deanna em sua mente o mantinham na cadeira, ao lado da cama de Hank.

Estava prestes a descer e ir até uma banca comprar algumas revistas, talvez até mesmo um livro decente, quando a porta se abriu e o tenente Beatty entrou.

— Ótimo. Você ainda está aqui — disse ele a Sean, então acenou com a cabeça em direção ao adormecido Hank. — Como ele está?

— Meio capenga, mas se recuperando.

— Eu ouvi isso. — Hank abriu um olho. — Ei, tenente, como vai?

O superior sentou-se em uma cadeira e olhou de um para o outro, sombrio.

— Eis a questão. — Começou ele em um tom que causou um arrepio na coluna vertebral de Sean. — Há uma corrente que defende que vocês dois merecem medalhas por bravura, pelo fato de terem entrado naquele prédio em chamas e salvado aquele senhor. Se dependesse do prefeito, haveria até um desfile para condecorá-los.

Sean sabia que isso não dependia do prefeito, e sim do chefe da corporação dos bombeiros e do tenente, que, definitivamente, não dava nenhuma mostra de querer conceder-lhes nenhuma medalha de bravura.

— Qual é a outra opção?

— Suspensão por terem desafiado não uma, mas duas ordens diretas.

Sean franziu o cenho.

— Já sei no que isso vai dar, mas vou lhe dizer uma coisa: se tivesse que fazer tudo de novo, não faria nada diferente.

— Eu também — concordou o sempre leal Hank.

O tenente fechou a cara.

— Vocês não poderiam mostrar nem mesmo o mais ínfimo sinal de arrependimento? Deem-me algo, rapazes. São dois dos meus melhores homens. Não quero colocá-los de licença sem remuneração.

O olhar de Sean se estreitou.

— Então não vai nos suspender?

— Não se eu puder evitar, mas a cadeia de hierarquia e a disciplina são essenciais. Não posso ter bombeiros indisciplinados tomando decisões que colocam suas vidas ou a de outros em risco. Se vocês dois tivessem morrido naquele incêndio, a bomba explodiria nas minhas mãos. Eu era o oficial de mais alta patente na cena.

Sean sabia que o tenente estava certo. Jack Beatty era um profissional que subira na hierarquia da corporação, um homem que levava a sério suas responsabilidades. Tomava decisões difíceis sob extrema pressão. O fato de Sean ter confiado em seus instintos era irrelevante. Se tivesse errado, três pessoas teriam morrido naquele prédio.

— Eu não podia deixar aquele senhor morrer lá dentro, não quando havia uma chance de salvá-lo. — Sean ergueu a mão quando o tenente pareceu prestes a argumentar. — No entanto, entendo seu ponto de vista. Eu não tinha permissão para fazê-lo.

— E da próxima vez, ouça o seu superior — ordenou o tenente.

— E da próxima vez tentarei ouvir o meu superior, antes de fazer algo por conta própria — afirmou Sean.

Jack soltou um suspiro resignado.

— Já é alguma coisa. Vou falar com o prefeito. Vocês receberão suas medalhas, mas ele pode esquecer o desfile.

— Será que ele falava sério sobre um desfile? — perguntou Hank.

Sean fez uma careta.

— Agradeça por não ficarmos plantados em casa, sem ter nada para fazer, durante um mês.

Hank olhou incisivamente para o gesso em seu tornozelo.

— Tenho certeza de que ficarei sentado, apesar de Jack nos livrar da suspensão.

— Sim, mas vai receber seu salário — observou Sean. — Se for esperto, chamará Ruby para passar uns dias em alguma casa de praia, em um lugar romântico, enquanto se recupera.

— Você também tem férias vencendo, Sean — disse o tenente. — Poderia fazer uma pausa. Sei que não gosta de trabalhar com um parceiro que não seja Hank, porque os outros homens costumam obedecer as minhas ordens.

Sean tentou imaginar uma semana em Cape Cod com Deanna e Kevin. A ideia era muito tentadora, mas duvidava que conseguisse convencê-la... A menos que Hank e Ruby também fossem. Talvez pudessem persuadi-la, alegando tratar-se de uma verdadeira missão de caridade.

— Vou pensar no assunto, tenente. E obrigado por não nos suspender.

— Autopreservação. — Jack deu de ombros. — Pode imaginar a repercussão se dois homens que salvaram a vida de um pobre velho acabassem suspensos? — Deu um tapinha no ombro de Hank; em seguida, apertou a mão de Sean. — Tentem não se meter em encrencas, certo?

— É o que sempre fazemos — retrucou Hank, solene.

O tenente sacudiu a cabeça.

— Se pelo menos isso fosse verdade...

Depois que o chefe se foi, Sean sentiu o olhar de Hank a estudá-lo.

— O que foi?

— Tem algo acontecendo dentro dessa cabeça. Importa-se de me contar o que é?

— Estava pensando em irmos para Cape Cod — admitiu Sean. — Nós cinco, por uma semana. Eu poderia ligar para algumas pessoas, ver se há uma casa disponível. O que acha?

A expressão de Hank se tornou pensativa.

— Acho que Ruby vai concordar se vocês forem também.

— Estava pensando o mesmo sobre Deanna. Ela só aceitará se você e Ruby concordarem e se bancarmos os pobres coitados, alegando que precisamos passar uma semana lá para nos recuperar.

— Não será exatamente uma fuga romântica com todos nós sob o mesmo teto. Mas isso é bom, certo? Evita que tudo se torne muito sério.

— Certo. — Sean ficou entusiasmado com a ideia. — Estou pensando em uma casa grande, com vários quartos.

Hank sorriu.

— E seria uma pena se alguns deles não fossem usados...

— Ei, cuidado, Hank. Haverá um menino presente.

— Estou ferido — lamentou-se Hank. — Deixe-me sonhar.

Sean riu.

— Tudo bem, pode sonhar. Vou dar alguns telefonemas. Então poderemos falar com Ruby e Deanna. Acho que você deve falar primeiro. Se conseguir convencer Ruby a ir, ela ajudará com Deanna.

— Use o garoto — aconselhou Hank. — Fale com Kevin sobre uma semana na praia, e a mãe não terá coragem de negar.

— Isso seria sorrateiro e dissimulado. — Sean suspirou.

— Só lançarei mão desse artifício se for necessário.

A viagem seria perfeita. Sean conseguiria passar um bom tempo ao lado de Deanna, Kevin tiraria verdadeiras férias na praia, e a mãe, o descanso e o lazer necessários. E tudo sob o pretexto de fazer companhia ao pobre Hank ferido. Não era um motivo nobre e altruísta?

DEANNA OUVIU, muito séria, todo o discurso de Sean. Parecia bom, até mesmo nobre. Uma semana em Cape Cod evitaria que Hank enlouquecesse de vez, enquanto seu tornozelo quebrado sarava. Ruby concordara com o esquema.

— Mas só vou se você for — dissera ela a Deanna, nem dez segundos antes.

Agora Ruby e Sean se encontravam lado a lado à espera da decisão de Deanna.

— E isso é tudo por causa de Hank? — perguntou ela, olhando para Sean.

— Lógico — respondeu ele. — Tirar folga é difícil para ele, ainda mais quando não pode se locomover muito bem. Hank é um cara muito ativo. Será quase impossível para ele conviver com essa imobilidade forçada.

Ela sorriu.

— Então você nos quer por perto para distrair um homem mal-humorado? Soa divertido.

— Ah, acho que posso garantir que o humor dele vai melhorar com vocês por perto, dando uma força. Ruby, em especial.

— Charlotte vai ter um ataque se nós duas pedirmos férias ao mesmo tempo, Ruby. Sabe que ela conta com você para me substituir até quando vou ao banheiro.

— Charlotte pode contratar uma temporária, Deanna — rebateu Ruby. — A empresa pode pagar. Hodges ganhou duas grandes ações na semana passada.

— Sem querer mudar de assunto, mas falando em ações... Deanna, o que Hodges tem feito por você ultimamente? — Sean quis saber. — Será que conseguiu arrancar alguns centavos do senhorio irresponsável?

Deanna recordou a conversa que tivera com o chefe apenas dois dias atrás. Guardara a notícia para si mesma, porque mal podia acreditar no que estava para acontecer.

— Ele conseguiu. O cheque já deve ter sido colocado no correio.

Ruby gritou e correu para lhe dar um abraço.

— Bom trabalho, Dee! Quanto?

— Não é uma fortuna — disse ela, tentando evitar que Ruby ficasse muito animada. — Mas cinco mil dólares me ajudarão a conseguir uma casa para mim e para Kevin, e ainda comprar alguns móveis.

— E Hodges não lhe cobrou nada? — Sean ficou desconfiado.

Ela balançou a cabeça.

— Nem um centavo. Eu me ofereci para pagar, mas ele disse que eu merecia muito mais; logo, não cobraria seus honorários.

— Ora, ora, ora, um advogado com consciência. Estou impressionado.

— Não fique, Sean — disse Ruby, com ironia. — Tudo o que ele precisou fazer foi dar alguns telefonemas ameaçadores ao sujeito. Não gastou sequer uma folha de papel do escritório.

— Bem, seja o que for, ele trabalhou, e sou grata a ele por isso. — Deanna olhou para Sean. — Então a ocasião não poderia ser mais perfeita. Estava pensando que Kevin merecia umas férias antes de o verão terminar, e que eu poderia usar um pouco desse dinheiro para pagar por alguns dias na praia.

A expressão de Sean se iluminou.

— Isso é um sim?

— É — respondeu ela, sem querer pensar sobre a perspectiva de passar várias noites de descanso em companhia de Sean em uma praia romântica e enluarada. — Mas vamos dividir as despesas.

— De jeito nenhum.

— Claro que sim, Sean — replicou Deanna, com a mesma firmeza.

— Podemos falar sobre finanças depois? — implorou Ruby. — Eu quero ir contar a Hank.

— Vá — proferiram Sean e Deanna em uníssono.

Sean deu uma risadinha.

— Acho que podemos terminar esta discussão sem derramamento de sangue.

Deanna franziu o cenho.

— Não conte com isso.

Ruby balançou a cabeça.

— Vocês dois vão se comportar ou terei que enviar Kevin aqui para apartá-los?

— Nós dois somos adultos civilizados. Vamos ficar bem — tranquilizou-a Sean.

— Um de nós é civilizado. O outro é teimoso como uma mula — rebateu Deanna.

Quando Ruby se foi, Sean encontrou o olhar de Deanna.

— Estou feliz que tenha concordado em ir.

O coração dela disparou de encontro às costelas com o calor que aqueles olhos azuis emitiam.

— Sean, não estaremos sozinhos.

— Eu sei, mas acredito que possamos passar alguns minutos a sós de vez em quando.

— Para fazer o quê?

Ele a puxou para si e tomou-a nos braços.

— Isto. — E deu-lhe um beijo que a deixou excitada até as pontas dos dedos dos pés.

— E nada mais — afirmou ela, com a voz trêmula.

— E nada mais — concordou ele, solene; depois sorriu. — Pelo menos não na primeira noite.

Deanna se sentiu impregnada por um sentimento de antecipação, temperado apenas com um lembrete austero de que aquelas seriam férias essencialmente em família, com várias pessoas sob o mesmo teto. Sean jamais poderia pressioná-la para transformá-las em outra coisa; não com Kevin por perto.

No entanto, poderia tentá-la, pensou, olhando em seus olhos, que brilhavam com pura malícia. Ah, sim, com certeza ele iria tentá-la. E ela teria que recorrer a uma reserva já minguada de força de vontade para resistir. Que Deus a ajudasse! Ia ser uma semana muito longa e perigosa.

Capítulo Onze

A CASA em Truro possuía um telhado recoberto por telhas cinza-claras que haviam resistido a inúmeras tempestades. As venezianas eram brancas, e da grade ao redor da varanda pendiam lindas floreiras repletas de flores com cores vívidas. A casa tinha vista para as dunas da praia e, com as janelas abertas, uma leve brisa salgada flutuava nos quartos iluminados e alegres. Deanna jamais vira um lugar tão encantador. Lembrava uma casa que seus pais haviam alugado, anos antes, na costa de Jersey, sendo que esta era menor e mais aconchegante.

— Ei, que cara é essa? — perguntou Sean, fitando-a com um ar preocupado. — Parece tão triste de repente.

Ela forçou um sorriso.

— Apenas pensando em um tempo distante.

— Será que envolve o pai de Kevin? — perguntou ele.

Deanna captou a tensão em sua voz e depressa tratou de reassegurá-lo:

— Claro que não. Frankie e eu nunca tiramos férias juntos.

— Seus pais, então?

Ela suspirou diante do palpite exato.

— Sim.

— Você não fala muito sobre eles. Já morreram?

— Para mim, sim — respondeu ela, em voz baixa, incapaz de conter as lágrimas que brotavam em seus olhos.

Deanna dissera a si mesma mil vezes que o que acontecera anos antes não importava, mas havia uma dor em seu coração que jamais a abandonava.

Sean franziu a testa.

— O que significa isso?

— Eles não aprovavam meu casamento com Frankie. Não nos falamos mais desde essa ocasião. — E ela lhe fez um resumo dos acontecimentos, destituído de qualquer emoção, que omitia toda a raiva e as acusações que haviam deixado seus sentimentos amargos e angustiados no dia em que saiu de casa pela última vez.

O fato de a preocupação dos pais ter fundamento era algo que ainda odiava admitir.

Sean a encarou, surpreso.

— Não contou a eles que seu marido a abandonou?

Deanna negou com a cabeça.

— A princípio me calei porque achei que não poderia suportar ouvi-los tripudiar por terem me alertado sobre ele. Em seguida, tornou-se uma questão de orgulho. Não queria procurá-los precisando de ajuda.

— Eles sabem sobre Kevin?

— Não.

Deanna percebeu a guerra de emoções no rosto de Sean.

— Você tem consciência de quem está sendo mais prejudicado com isso, não é?

Ela se recusava a reconhecer que o filho poderia ser prejudicado pela ausência de duas pessoas que nem conhecia.

— Você precisa entrar em contato com eles, Deanna. Dar-lhes outra chance.

— Da mesma maneira que você deu uma segunda chance aos *seus* pais? — perguntou, fitando-o direto nos olhos.

Sean estremeceu com a comparação e contraiu a mandíbula.

— Não é a mesma coisa. Eu nem sequer sei onde meus pais estão.

— Qualquer dia desses irá saber. Ryan está determinado a encontrar toda a família, não é? O que fará, então?

— Não estamos discutindo a minha família — replicou ele, em um tom firme. — Estamos falando de você. Kevin deve ter uma oportunidade de conhecer os avós, e vice-versa.

— Está usando dois pesos e duas medidas, Sean, e sabe disso — acusou, magoada porque ele, dentre todas as pessoas, não entendia por que ela não queria tornar a ver os pais.

Eles haviam tomado a decisão de lhe virar as costas. Deanna não pedira nada além de amor, e eles o negaram. Em que isso diferia do que os pais de Sean haviam feito? Lançando mão de um comentário que com certeza o aborreceria, Deanna disse:

— Além do mais, este assunto não é da sua conta. — Com isso, virou-se, chamou Kevin e dirigiu-se à praia em um ritmo acelerado.

Deanna não se surpreendeu quando Sean não se importou em segui-la. Afinal, ela havia batido a porta com força no seu nariz.

SEAN NÃO fazia ideia de que ele e Deanna tinham tanto em comum. É claro que a ruptura com os pais acontecera quando ela já era adulta, e Deanna fizera a própria escolha, preterindo a família para ficar com Frankie Blackwell. Mas o fato era que ambos vinham enfrentando o futuro sem as pessoas que os colocaram no mundo. Se não estava ansioso para mudar a própria situação, por que insistia para que Deanna mudasse a dela? Seria porque queria para ela — para Kevin — aquilo pelo que não se dispunha a lutar e ter para si mesmo?

Sean ouviu o baque da muleta de Hank batendo na varanda, mas se recusou a se virar. Não tinha certeza de quanto o amigo ouvira, mas, conhecendo Hank, fora o suficiente para garantir que ele teria uma opinião a oferecer. Provavelmente, uma que Sean não iria querer ouvir.

— Vai ser uma semana longa se não for atrás dela e pedir desculpas. — Hank se aproximou para se apoiar na grade ao seu lado.

— Por que devo pedir desculpas? — resmungou Sean, embora soubesse a resposta tanto quanto Hank.

O amigo sorriu.

— Talvez porque ela esteja certa. Você exige demais dos outros quando se trata de família, mas não aplica as mesmas regras quando se trata da sua. Quantas vezes visitou Ryan desde que foi padrinho do casamento dele?

— Nós dois estamos sempre ocupados — defendeu-se Sean.

— O homem é dono de um restaurante. Você sabe onde encontrá-lo em qualquer noite da semana.

Sean não tinha argumentos para aquilo.

— Deanna apenas me pegou de surpresa. Não fazia ideia de que ela não se relacionava bem com a família. Pensei que seus pais já haviam morrido, visto que ela nunca falava sobre eles.

— Você também não fala sobre a sua família, mas ela existe. — Hank o lembrou.

— Você é um bocado chato quando quer encontrar uma brecha na minha armadura.

Hank sorriu.

— Vivemos para servir. Vá atrás dela. Acho que não vou suportar uma semana inteira com vocês dois não se falando. Além do mais, isso vai estragar todo o clima romântico.

Sean olhou incisivamente para a porta.

— Por falar em clima romântico, onde está Ruby?

— Escondendo-se em seu quarto. No andar de cima. Recusou-se a ficar com o quarto do primeiro andar ao lado do meu. Deixou-o para você.

— Sinto muito.

— Eu também. Só de imaginar me deparar com sua cara feia se eu chamar no meio da noite... Bem, não é exatamente o cenário que imaginei quando chegamos aqui. — A expressão dele se iluminou. — Mas estou confiante de que poderei fazê-la mudar de ideia. É impossível resistir a mim quando cismo com algo.

Sean o estudou, curioso.

— Era sexo o que você estava esperando para esta semana?

Hank encolheu os ombros, parecendo muito confuso.

— Sei lá. Essa mulher tem mais desculpas para me manter a um braço de distância do que qualquer outra que já conheci.

Sean riu com a confirmação de que Ruby ainda não fora para a cama com Hank.

— Ainda assim ela tem sua total atenção, não é? A meu ver, isso faz dela a mulher mais inteligente com quem você já saiu.

Hank não parecia impressionado com aquela análise.

— E quanto a você e Deanna? Tem algo acontecendo entre os dois?

Sean não estava particularmente feliz, afinal, os ventos mudaram para ele.

— Não. Por decisão mútua.

— Sim, certo. — Hank balançou a cabeça, cético. — Se é mútua, é porque você está com medo. Está finalmente envolvido?

Sean pensou sobre os sentimentos que brotavam nele a cada vez que via Deanna. Alguns eram familiares: atração, calor, luxúria. Outros eram emoções que costumavam mandá-lo correr na direção oposta: vulnerabilidade, proteção, desejo de um futuro que nunca se permitira imaginar antes.

— Chegando lá — admitiu Sean, em voz alta pela primeira vez. E suspirou. — Acho que é melhor eu ir encontrá-la e pedir desculpas.

— Se quiser fazer isso direito, mande Kevin para cá. Ruby vai ficar feliz com o acompanhante.

Sean deu risada.

— Pobre criança. Não faz ideia do pesado fardo que terá que carregar sobre os ombros esta semana.

— Talvez seja melhor assim — disse Hank. — Ou você terá mais um motivo para precisar se desculpar com Deanna.

— Acho que já tenho o suficiente, por ora — retrucou Sean e, em seguida, saiu.

Encontrou Deanna andando na praia, ombros caídos, mãos enfiadas nos bolsos do blusão leve. Kevin corria na frente dela, saltando nas ondas, à medida que espirravam na areia. A expressão em seu rosto era de pura alegria. Não importava o que aquela semana lhes reservasse, a criança estava feliz, e ele fora, em parte, responsável por lhe proporcionar aquelas lembranças felizes.

Quando menino, Sean sempre dava um jeito de ficar doente no dia em que todos na escola comentavam sobre as férias de verão. Odiava nunca ter nada para falar, enquanto os outros compartilhavam histórias sobre suas semanas no acampamento ou viagens à praia, para jogar bola ou ir a parques de diversões.

Kevin olhou para cima, avistou Sean e deu um grito de felicidade. Em seguida, começou a correr em sua direção. Sean viu os ombros de Deanna enrijecerem, mas ela parou e virou-se para esperá-lo. Embora não tivesse feito menção de voltar para encontrá-lo no meio do caminho, isso já era alguma coisa. Tinha que dar-lhe crédito por não recuar.

— Sinto muito — murmurou Sean, enquanto erguia Kevin no ar e sentava o menino em seus ombros.

A expressão séria de Deanna não reconheceu o pedido de desculpas, mas um pouco da tensão pareceu se dissipar.

— Como está a água? — Sean quis saber.

— Fria — respondeu ela.

Ao mesmo tempo, Kevin gritou:

— Ótima! Podemos ir nadar?

Sean olhou para Deanna.

— Eu não vou entrar — avisou ela, com um calafrio.

— Então acho que somos só nós dois, amigão. Está usando sua sunga?

— Não — disse o menino, desapontado.

— Corra até a casa e se troque, então. Sua mãe e eu o esperamos aqui.

Um lampejo de temor cruzou o rosto de Deanna, mas ela não argumentou.

Kevin se foi, e Sean repetiu o pedido de desculpas, tentando explicar sua atitude para com a própria família, que ele jamais tentou examinar muito de perto, também.

— Sei que é um bom homem, Sean, que está pensando no bem de Kevin — reconheceu Deanna, quando ele terminou. — Mas quando se trata de meus pais, você não sabe do que está falando.

— Tem razão.

— Quer dizer que vai parar de insistir?

— Se isso acabar com essa expressão fechada em seu rosto, sim.

Um sorriso fez os cantos da boca de Deanna curvarem.

Sean estendeu a mão e tocou-lhe os lábios.

— Assim está muito melhor. — Então ele se inclinou e beijou-a, um beijo rápido e suave, apenas para se lembrar do gosto e da sensação de ter a boca de Deanna na sua.

Um enorme erro. Queria muito mais, mas Kevin estava gritando o seu nome, correndo pela areia e arrastando uma toalha. O único consolo de Sean era a sombra inconfundível de pesar que viu estampada nos olhos de Deanna.

— NÃO ENTENDO por que alguém cava a areia para achar mariscos — resmungou Kevin. — É um trabalho duro, e eles são nojentos.

— Não quando estão em uma grande tigela de ensopado — afirmou Sean.

Deanna sorriu para os dois. A brilhante ideia de procurar mariscos fora de Sean. Ela se encontrava estirada em uma toalha próxima, ouvindo ambos resmungarem. O sol espalhava um calor gostoso sobre sua pele.

Passados dois dias, o cabelo de Kevin estava ficando mais claro, e a pele, desenvolvendo um leve bronzeado, com exceção do nariz, que se queimara no primeiro dia. O menino parecia saudável e feliz ajoelhado na areia ao lado de Sean, cavando a esmo com sua pequena pá.

O cenário era idílico, embora ficar perto de Sean 24 horas por dia estivesse começando a mexer com os nervos de Deanna. Já era difícil o suficiente resistir àquele homem, na cidade, onde só precisava lidar com a visão dele trajando uma camiseta apertada e jeans justo. Ali, mesmo nas manhãs mais frescas, ele, em geral, usava short e camiseta.

Com frequência, vestia apenas seu traje de banho, expondo mais pele nua do que ela vira em anos. A tentação de pousar a mão em seu peito bronzeado, traçar o contorno dos músculos rígidos em seus braços ou do abdômen esculpido era quase irresistível.

Se Sean experimentava a mesma dificuldade para controlar suas mãos, não dava mostras disso. Parecia muito satisfeito na beirada da água, com Kevin correndo ao seu lado ou tomando parte em um jogo implacável de cartas, com ela e o menino, à noite, enquanto Hank e Ruby desapareciam na cidade.

Assim seria um casamento com um homem como Sean, concluiu Deanna, com uma súbita explosão de consciência. Lento, dias tranquilos juntos, como uma família, acompanhado pela emoção excitante de antecipação. É claro que, se eles se casassem, aquele tormento sensual teria fim. Poderiam passar a noite inteira se amando com paixão, satisfazendo aquele desejo que parecia não abandoná-la.

Deanna estava tão abalada pela imagem que, sem querer, entornou a lata de refrigerante que segurava. A bebida derramou sobre sua coxa nua, embebeu a toalha e a fez correr para a areia quente.

— Você está bem? — perguntou Sean, surgindo ao seu lado.

Ela forçou um sorriso.

— Só entornei o refrigerante em cima de mim. Estava gelado.

— Precisa entrar na água, ou ficará com o corpo todo pegajoso — disse ele.

— De jeito nenhum! A água está congelando.

Kevin se uniu a eles.

— Não, não está, mãe. Depois que você entrar, vai adorar.

Um sorriso travesso se espalhou pelo rosto de Sean.

— Kev, acho que sua mãe só vai acreditar se lhe dermos uma prova.

Deanna lançou-lhe um olhar desconfiado e recuou um passo.

— O que quer dizer com isso?

Antes que ela pudesse reagir, Sean puxou-a, passou os braços ao seu redor e a ergueu. A sensação de estar encostada à pele daquele peito nu, aquecido pelo sol, era tão louca que, por um momento, ela se esqueceu completamente de suas óbvias intenções. E quando por fim se lembrou, já estavam na beirada da água.

— Me coloque no chão, idiota! — exigiu, contorcendo-se para tentar escapar, antes de ele a mergulhar nas águas do Atlântico.

Sean simplesmente apertou-a com mais força e continuou andando.

A água gelada molhou a sola dos pés dela.

— Não estaria mais fria se houvesse cubos de gelo aqui! — gritou Deanna. — Sean Devaney, solte-me neste exato momento!

Ele a encarou.

— Agora? — perguntou, em um tom suave. — Quer que eu a solte agora?

Deanna percebeu a bobagem que dissera, contudo já era tarde demais.

Sean a soltou. Ela bateu na água com um esguicho. Não estavam a mais de um metro de profundidade, mas Deanna afundou com um grito de pavor. Foi como entrar embaixo do chuveiro e tarde demais perceber que se esquecera de ligar a água quente. O choque de temperatura quase a paralisou.

No instante em que conseguiu ficar de pé, afastou o cabelo encharcado dos olhos e fitou Sean com um olhar determinado.

— Você está enrascado — afirmou ela.

Sua indignação foi suficiente para aquecê-la, enquanto corria atrás dele, mergulhando para segurar seus joelhos. Deanna o pegou de surpresa, conseguindo derrubá-lo na água. Satisfeita com seu ataque furtivo, emergiu; ele veio à tona, cuspindo.

— Então é assim que você quer brincar? — Os olhos dele brilhavam, e Sean seguia na direção dela.

Deanna tentou fugir, Sean, porém, foi mais rápido. Derrubou-a na água, antes que ela pudesse implorar por misericórdia. Em seguida, Kevin se envolveu na brincadeira, jogando água nos dois. Quando o menino conseguiu acertar Sean direto no rosto com um punhado de água, Deanna viu aí a sua chance de escapar e correu para a areia.

Sean a alcançou pouco antes de Deanna chegar, pegou-a no colo e caminhou até a água chegar à altura dos ombros, ainda segurando-a contra o peito.

— Preparada para admitir sua derrota? — perguntou, olhando-a nos olhos.

Deanna estava consciente de cada ponto onde seus corpos se tocavam. Em vista da temperatura da água e o calor que os dois estavam gerando, era de admirar que aquela parte do Atlântico não tivesse se transformado em uma grande banheira de água quente. Tentou responder à provocação de Sean, mas as palavras não lhe vinham à boca; não era capaz sequer de pensar.

De repente, os olhos dele escureceram como se o calor finalmente o tivesse atingido, também. Deslizando a mão para cima, roçou-lhe um dos mamilos com a ponta dos dedos. Mesmo através do tecido do maiô, o toque provocou em Deanna uma ardente sensação de prazer. Os olhos azuis sagazes a fitavam, desafiando-a a protestar ou se afastar.

Mas Deanna não queria se mover. Queria que a carícia quase inocente durasse para sempre, que as chamas impiedosas de desejo crescessem e crescessem até fazê-la deitar-se sob o corpo de Sean e deixá-lo penetrá-la profundamente.

Ah, não, pensou com um gemido. O que estava acontecendo com ela, transformando-se daquele jeito em um feixe de nervos expostos, sensíveis a cada roçar daqueles dedos em sua carne? Se reagia daquela maneira com o filho a poucos metros de distância e Sean fazendo praticamente nada, o que aconteceria se ele de fato decidisse seduzi-la?

— Vamos concluir isto qualquer dia desses — disse ele, em um tom baixo, ainda sustentando-lhe o olhar.

Deanna estremeceu diante da certeza em sua voz. Não havia por que negar sua afirmação. Eles estavam destinados a satisfazer o desejo que sentiam havia várias semanas. Apenas os medos e as antigas incertezas que dominavam a mente de ambos mantiveram o fluxo do desejo sob controle.

Os lábios de Sean se curvaram.

— Não vai me refutar?

Ela balançou a cabeça solenemente.

— Para que desperdiçar meu tempo?

— Nossa, Dee, por que não me atormentar um pouco mais? — murmurou ele, com a voz rouca. — Pensei que pelo menos fosse me dizer que estava louco em pensar, sequer por um minuto, que você e eu... — Sua voz sumiu, e Sean olhou para Kevin, que nadava por perto, seguro com sua boia colorida em torno da cintura. — Bem, você sabe.

Deanna sorriu pela sua tentativa de discrição.

— Eu sei. — Ela envolveu o rosto dele com a mão, amando a sensação que o misto de barba recém-crescida, calor, sal e água gelada lhe provocava na palma delicada.

Com os olhos fixos nos dela, Sean colocou-a devagar no chão, deixando-a sentir a rigidez de seu corpo, sua inconfundível ereção. Com a água girando em torno dos dois até a cintura, puxou-a com firmeza para si, roçando os quadris apenas o suficiente para fazê-la desejar que estivessem sozinhos ali naquela praia, sob um céu iluminado pela lua.

Deanna engoliu em seco.

— É melhor eu... Eu preciso...

— Do que você precisa? — perguntou ele, com uma ponta de divertimento no olhar.

— Aquecer-me.

Sean riu.

— Isto não a aqueceu o suficiente?

— Preciso do calor do sol — insistiu, recusando-se a ceder. Acenou na direção da praia. — Tenho de voltar.

— Por quê?

Deanna optou pela honestidade total:

— Porque você me assusta, Sean Devaney.

Ele pareceu genuinamente chocado com a resposta.

— Eu? Por quê?

— Porque me faz sentir coisas, querer coisas que jamais esperei querer de novo.

Sean fitou-a, consternado.

— Sinto o mesmo. Isto... você e eu, era a última coisa que esperava.

— Ou desejava.

— Ou desejava.

De alguma forma, saber que Sean não queria um envolvimento doeu mais do que Deanna podia imaginar. Lógico que ele não queria. Quantas vezes deixara claro que compromisso era a última coisa que lhe passava pela cabeça?

Deanna lembrou-se de outro homem, Frankie, que se esquivava de planos para o futuro, mas ela se sentia confiante de que poderiam desafiar as probabilidades. Estaria disposta a assumir outro homem com dúvidas?

— Não precisamos ir além disso — disse ela, em um tom ríspido, cercando-se de seu orgulho.

Sean tocou seus lábios com os dedos.

— Acho que você e eu sabemos que é impossível retroceder agora.

— Não é impossível — insistiu Deanna.

Ele deu de ombros.

— Improvável, então.

Sim, pensou Deanna, recusando-se a perder tempo discutindo. Era sem dúvida improvável que pudessem voltar atrás. Se pelo menos ela tivesse essa mesma certeza em relação ao que o futuro lhes reservava...

Capítulo Doze

O RESTANTE da semana em Cape Cod foi puro tormento. O desejo de Sean era algo palpável sempre que estava em um cômodo com Deanna ou, à noite, quando ela se deitava na própria cama, em um quarto no andar de cima. Nem mesmo a presença de Ruby e Hank ou a energia constante de Kevin eram capazes de desviar sua mente do insaciável desejo que sentia por ela.

Não conseguia dar um nome com o qual pudesse conviver àquele sentimento. Chamá-lo de luxúria o depreciava. Descrevê-lo como amor aterrorizava Sean. O melhor era apenas reconhecer sua existência, e não rotulá-lo.

Aliado ao seu nível de frustração havia o fato de que Deanna não parecia nem um pouco empolgada com a paixão latente entre os dois. Era como se aquele momento no oceano nunca tivesse existido. Ela estava sempre alegre. Não o procurava, mas também não o evitava. Passava a impressão de estar perfeitamente satisfeita com aquela maldita situação, ao passo que Sean via-se prestes a arrancar os cabelos.

Tinha curiosidade de saber se o irmão passara pela mesma inquietação quando se apaixonara por Maggie. Será que

Ryan teria relutado tanto quanto ele em assumir um compromisso? Teria lutado com o passado, com a incapacidade dos pais de cumprir a obrigação de criá-los, como ele parecia lutar? Qualquer dia teria que lhe perguntar.

Agora, porém, estava tão nervoso que falava com rispidez com todos, exceto Kevin. Era muito provável que viesse a fazer o mesmo com o menino, mas um olhar para o rostinho inocente, com novas sardas e descamação no nariz queimado de sol, o fazia conter as palavras afiadas na ponta da língua. Nenhuma criança devia pagar pela loucura que acontecia nas vidas dos adultos ao seu redor.

Mal podia esperar para voltar a Boston, tornar a trabalhar, mesmo que levasse algumas semanas, até Hank poder voltar à ativa. Na verdade, estava tão aliviado com a perspectiva de ficar sozinho em seu apartamento que deixou Deanna, Kevin e Ruby em casa primeiro com apenas uma palavra de adeus e seguiu com Hank, na esperança de escapar de lá, sem um interrogatório sobre o seu humor azedo.

Deveria ter pensando melhor. Tornou-se evidente, no momento em que ficaram sozinhos, que Hank pretendia importuná-lo do mesmo modo que ele o importunara durante seu divórcio, e continuava a fazê-lo sobre Ruby.

— Vai me contar o que há de errado? — perguntou Hank, quando Sean parou o carro na frente da casa dele.

— Não.

— Você e Deanna brigaram?

— Não.

— Você e Deanna fizeram sexo?

Sean virou-se e o encarou.

— Você sabe muito bem que não.

— Ei, não fiquei tomando conta de vocês o tempo todo. Tinha meus próprios problemas para lidar. — Hank sacudiu a cabeça, pesaroso. — Isso não é lamentável? Nós dois, que temos a reputação de sermos os garanhões do quartel...

— Fale por você — murmurou Sean.

— Os caras gostam de ter suas ilusões sobre os dois solteiros entre eles. O fato é que todos pensam que somos capazes de conseguir qualquer mulher que desejemos e, na verdade, nenhum de nós dois está conseguindo nada.

Sean suspirou.

— O problema não é sexo entre mim e Deanna. Eu não sei direito do que se trata, mas definitivamente não é o mesmo de sempre.

A expressão de Hank tornou-se sombria.

— O mesmo acontece comigo e Ruby. A mulher me assusta muito. Parece enxergar a minha alma. O pior é que ela parece gostar de mim.

Sean sorriu diante do aparente espanto do amigo.

— Talvez seja porque, por baixo desse garanhão que gosta de flertar com todas as mulheres, existe um sujeito capaz de amar.

Hank fez uma careta.

— Mas eu não quero me casar de novo, e Ruby está louca para ter filhos.

— Ela disse isso?

— Não precisa. Sou capaz de ler nas entrelinhas. Ruby adora cuidar de Kevin. Fala de um modo maternal quando se refere ao garoto. E você precisava vê-la quando nos deparamos com um bebê na rua. A expressão em seu rosto... — Hank abanou a cabeça. — Nem sei como descrever. Uma parte de mim queria lhe dar o que ela deseja, mas a outra parte... Bem, você sabe o que penso.

— Sei o que você pensa sobre o casamento — concordou Sean. — Mas sobre filhos, não. O que tem contra filhos? Achei que estivesse em seus planos, quando ainda era casado com Jackie.

— Estava, até ela me fazer ver que alguém que arrisca a vida o tempo todo é uma péssima aposta como pai.

Sean franziu a testa.

— Hank, você sabe que isso não é verdade. Se fosse, então a profissão de bombeiro não seria transmitida de geração em geração. Metade dos caras com quem trabalhamos são filhos de bombeiros. E muitos deles já têm os próprios filhos, alguns dos quais irão crescer e se tornar bombeiros, também.

O rosto de Hank foi tomado por uma expressão pensativa.

— Nunca encarei isso dessa forma.

— Porque se encontrava muito ocupado tentando provar que Jackie estava certa em se divorciar de você. Caso contrário, isso teria doído muito mais. — Ele deu um tapinha no ombro do amigo. — Meu amigo, o divórcio aconteceu por causa dos medos dela. Alguns eram racionais, outros não. Mas terminar o casamento foi a única maneira que Jackie encontrou para se livrar deles. Ruby não é Jackie.

— Não mesmo. A mulher é destemida. Ontem à noite, sugeriu saltarmos de *bungee jump* assim que meu tornozelo sarar. Disse que seria o máximo.

Sean teve que conter uma risada. Hank era um intrépido bombeiro, mas alegava ter medo de altura. Era a razão pela qual não trabalhava em um quartel com arranha-céus na área de atuação.

— O que você respondeu?

— Está brincando comigo? Eu disse que ela estava louca. — Hank balançou a cabeça. — Ruby falou que ia sem mim.

— Você acha que ela vai?

— É bem provável, só porque sabe que isso vai me atormentar. — Hank suspirou.

— Você está completamente apaixonado. — Sean ficou encantado com o rumo dos últimos acontecimentos.

Hank apreciava a liberdade da vida de solteiro, mas estar casado o estabilizava, lhe conferia uma solidez demasiadamente necessária. Por isso foi pego de surpresa quando Jackie pediu o divórcio. Percebeu que estava perdendo algo importante. E não sabia como evitar, a não ser desistindo da carreira.

— Na verdade — provocou Sean, levando a mão ao coração —, acho que ouvi o som suave de sinos de igreja numa cerimônia de casamento.

Hank soltou um palavrão.

— Não ria, amigo. Parece-me que você está na mesma situação que eu.

Então foi a vez de Sean suspirar.

— Você tem razão.

DEANNA NÃO estava certa do que esperar após a viagem a Cape Cod. Uma parte dela queria que Sean cumprisse a promessa de levá-la para a cama na primeira oportunidade. Outra sabia que, uma vez que isso acontecesse, não seria capaz de negar os sentimentos que ele lhe despertava. O que não seria um problema tão grande se não fosse pela questão, não resolvida, da necessidade de Sean de controlar sua vida.

Talvez agora, depois de constatar que ela descansara durante uma semana, isso não fosse mais um problema, pensou esperançosa, bem a tempo de olhar para cima e vê-lo entrar no restaurante de Joey e se dirigir a uma mesa nos fundos do salão.

Eram quase dez da noite, duas horas mais tarde do que estava programado em sua escala. Mas Adele tivera uma dor de cabeça repentina e fora para casa mais cedo. Pauline não viera trabalhar; ainda não se encontrava totalmente recuperada de sua luta contra a gripe, portanto, ficaria mais tempo afastada do que o habitual. Joey contava com Deanna para substituí-la.

Um olhar à expressão carregada de Sean deixou claro que talvez ela não devesse ter concordado tão facilmente em ficar. Preparando-se para uma discussão, caminhou até a mesa, com o bloco e o lápis na mão, pronta para anotar seu pedido.

— Está trabalhando até mais tarde hoje — comentou ele, em um tom neutro. — Passei pelo apartamento, mas Ruby disse que Joey havia lhe pedido para ficar aqui até fechar o restaurante.

— Ele estava em um beco sem saída — afirmou ela, na defensiva.

Sean fez uma careta.

— Joey sempre parece estar em um beco sem saída. Vou precisar mesmo ter uma conversa com ele?

Deanna bateu com o bloco em cima da mesa e colocou as duas mãos na beirada do tampo, enquanto se inclinava irritada em direção ao rosto de Sean.

— Você não... você... não se atreva!

Ele estremeceu sob a intensidade de seu olhar.

— Ultrapassando limites? — perguntou, com suavidade.

— Pode apostar.

— Ora, Deanna, sabe que estou certo. Você vai se desgastar.

— Acabei de voltar de férias.

— Que serão desperdiçadas se mergulhar de novo em uma agenda extenuante de trabalho. E Kevin, como fica nessa história?

Ela franziu o cenho.

— Não use meu filho para tentar me fazer sentir culpada. Ele está recebendo a atenção devida. Na verdade, se você se preocupa tanto com Kevin, poderia ter ficado no apartamento, distraindo-o. Trata-se da sua necessidade de me controlar.

Sean ficou horrorizado com a acusação.

— Não seja ridícula! Eu não quero controlá-la!

— Não é o que parece.

— Estou preocupado, ora! Isso é crime?

Deanna estudou suas feições e percebeu que ele falava sério. Suspirou e sentou-se na cadeira em frente a Sean.

— Olhe, sou forte como um cavalo. Não há necessidade de se preocupar comigo.

— Você desmaiou, lembra?

— Isso aconteceu semanas atrás — disse ela, descartando o incidente. — Você foi parar no hospital na mesma noite. Por acaso me ouviu reclamar porque *você* voltou a trabalhar?

— Não faz nem três semanas, Deanna. E foi diferente comigo. Sofri apenas pequenos ferimentos.

Deanna revirou os olhos diante da tentativa de Sean de minimizar suas queimaduras.

— E eu tive um período de férias desde então, e você viu que me alimentei direito e dormi bastante.

Sean franziu a testa.

— Você realmente dormiu?

— Claro — respondeu, animada, sabendo muito bem por que isso o irritava. — Você não?

— Não. — Ele quase rosnou.

— Sinto muito.

O olhar de Sean percorreu-lhe o corpo, detendo-se aqui e ali e, em seguida, voltou a focalizar sua boca.

— Poderíamos resolver o problema da minha insônia com muita facilidade.

Deanna não conseguia vencer o nó súbito que se formou em sua garganta.

— Oi? — A palavra soou como um grasnido.

— No meu apartamento. Hoje à noite.

— Pensei que estivesse ansioso para que eu chegasse em casa por causa do meu filho.

Ele sorriu.

— Não tanto assim. Kevin estará dormindo logo, logo.

— Muito conveniente para você.

— Pode ser. Então? O que acha? Em meu apartamento? Tenho uma garrafa de vinho, um pouco de queijo e biscoitos.

O convite exalava sedução. Não havia dúvida na mente de Deanna que se ela fosse ao apartamento de Sean, o vinho e o queijo ainda estariam intocados na manhã seguinte. Uma grande parte de si se sentia tentada a jogar a precaução ao vento e dizer "sim". Outra parte, porém, a impedia.

— Vamos deixar para outro dia? — sugeriu, nem mesmo tentando disfarçar sua tristeza. — Tenho um compromisso pela manhã bem cedo, antes de ir trabalhar.

A expressão de Sean voltou a se fechar.

— Um compromisso a essa hora? Vai fazer o quê?

— Ver um apartamento.

— Vai se mudar da casa de Ruby?

— Morar lá foi apenas uma solução temporária. Para ser sincera, acho que gostaria de ter um pouco mais de privacidade. Além do mais, não quero ser a desculpa de que ela precisa para evitar lidar com seus sentimentos por Hank.

Sean deu uma risadinha.

— Isso se aplica a vocês duas, sabia? Você também não decidiu o que fazer comigo.

Nesse instante, o último cliente acenou, pedindo a conta. Deanna se ergueu, piscou para Sean e disse:

— Nem imaginava que você havia me dado algo para decidir.

Deanna podia sentir o olhar de Sean sobre si, enquanto entregava a conta ao homem e, em seguida, levava o dinheiro à caixa registradora. Quando terminou, encontrou Joey sentado, conversando com Sean.

— Se ele está tentando convencê-lo a me fazer trabalhar menos horas, ignore-o — disse ela, ao se juntar a eles.

— Na verdade, eu estava sugerindo que ele a demitisse. — Sean lhe lançou um olhar obstinado.

Deanna de imediato se empertigou.

— Calma, só estou brincando. — Então Sean se dirigiu a Joey. — Contudo, pense no que falei. Ela é teimosia pura.

Joey ergueu as mãos.

— Não ficarei no meio disto que está acontecendo entre vocês dois, seja lá o que for. Quando descobrirem, me avisem. Agora sumam daqui. Preciso fechar o bar e ir para casa ficar com a Pauline.

Ao retirar o avental e pegar a bolsa do armário sob a caixa registradora, Deanna se mantinha consciente do olhar de Sean a segui-la.

— Você vem ou não? — perguntou ela, dirigindo-se à porta.

— Estou indo. — Do lado de fora, Sean segurou-lhe a mão. — Para onde vamos?

— Não sei quanto a você, mas eu vou para casa — afirmou Deanna.

— Eu a acompanho até lá — disse ele, enquanto caminhavam. — Dee?
— O quê?
— Tem alguma ideia do que estamos fazendo?
— Enlouquecendo um ao outro?
— Falo sério.
— Eu também.
Sean parou e virou-a, obrigando-a a encará-lo.
— É uma loucura boa ou ruim?
Deanna o encarou e viu a genuína confusão, que era um reflexo da sua. Então ergueu a mão e tocou-lhe a bochecha.
— Ainda estou tentando descobrir.
Sean suspirou profundamente.
— Avise-me quando tiver conseguido, está bem?
Deanna sorriu ao perceber a nota melancólica na voz dele.
— Acredite, você estará no topo da lista. E faça o mesmo comigo, certo?
Ele assentiu com a cabeça.
— Pode deixar. E então, a que horas é o seu compromisso matinal?
— Às sete e meia.
— Importa-se se eu for junto?
— Por quê?
Sean parecia considerar uma resposta. Deanna tinha um pressentimento de que isso se devia ao fato de ele não querer admitir o louco senso de responsabilidade que sentia em constatar, com os próprios olhos, se ela e Kevin iriam morar em um lugar decente.
— Mera curiosidade — disse ele, por fim.
Ela assentiu com a cabeça.
— Nesse caso, eu o vejo amanhã de manhã.

Deanna estava prestes a entrar quando Sean a impediu. Sem desviar o olhar do seu rosto, inclinou-lhe o queixo para cima e pousou os lábios sobre os dela. Leve como uma brisa, ainda assim o beijo foi suficiente para fazê-la sentir um delicioso arrepio.

Para um homem que se preocupava tanto com o fato de ela dormir pouco, por certo Sean não parecia se importar em fazer algo que, com certeza, a manteria acordada boa parte da noite.

* * *

SEAN ODIAVA a ideia de Deanna procurar um novo apartamento para morar. Sabia muito bem o quanto seus recursos eram minguados, mesmo contando com a indenização do antigo senhorio. Também sabia que, apesar de ela ter dito que destinaria uma parte do dinheiro para o novo apartamento, guardara quase tudo em uma conta poupança, na qual não tinha a intenção de tocar, exceto em caso de emergência.

Quando chegou na manhã seguinte, Sean descobriu que era apenas mais um integrante da comitiva que ia ver o novo imóvel.

— Mamãe e eu vamos ver uma nova casa — anunciou Kevin, emocionado. — Quando nos mudarmos, você poderá ir lá para jantar com a gente.

Sean percebeu que Ruby não parecia tão eufórica quanto Kevin ou Deanna.

— Sean também pode vir jantar aqui — resmungou ela, fazendo uma careta para Deanna. — Não sei por que estão tão ansiosos para ir embora.

— Porque estamos atrapalhando você — explicou Deanna, em um tom paciente.

— Não estão. Tem sido divertido. — Ela se virou para Kevin. — Não é, querido?

— Claro que sim — respondeu o menino, aparentemente sentindo a necessidade de não ferir os sentimentos de Ruby.

Sean lançou um olhar solidário a Ruby.

— Está desperdiçando seu tempo.

— Eu sei — admitiu ela.

— Se vai manter esse mau humor, é melhor que não vá, Ruby. Quero opiniões objetivas sobre esse novo apartamento, não críticas egoístas.

Quando Sean começou a dizer algo, ela o fitou, irritada.

— Isto vale para você também.

— Sim, senhora. — E Sean compartilhou um olhar comiserado com Ruby. — Onde é o prédio?

Deanna consultou um pedaço de papel no qual escrevera um endereço e leu em voz alta.

— Fica a apenas poucos quarteirões daqui.

Sean estremeceu.

— E outro tanto. Essa área não é muito segura.

— Quer parar com as críticas antes mesmo de ver? — exigiu ela. — Vamos.

Sean suspirou e seguiu-a, enquanto Deanna e Kevin estabeleciam um ritmo acelerado. Ruby caminhava atrás, ao lado dele.

— Não pode fazê-la desistir? — perguntou ela, em voz baixa.

— Você não a escutou? Deanna não parece disposta a ouvir a voz da razão. Só escuta o que quer. Está com um estado de espírito independente esta manhã.

— Que droga! — murmurou Ruby, desolada.

— Talvez o apartamento seja de fato uma espelunca e ela acabe admitindo que é uma péssima ideia — sugeriu ele, mesmo sabendo que, a não ser que o lugar estivesse caindo aos pedaços, Deanna não desistiria de fazer aquele negócio.

Sean e Ruby praticamente a haviam encurralado em um canto.

Quando, por fim, encontraram o endereço, Sean suspirou, aliviado, ao ver que o prédio era uma construção antiga de três andares. Não especialmente bem conservada, mas por fora, pelo menos, não parecia correr risco de pegar fogo. Era um ponto a seu favor.

Kevin, no entanto, observou-o com uma expressão duvidosa.

— Mãe, é meio feio... — disse a criança, hesitante, ainda agarrada à mão de Deanna.

— É uma questão de estética. Não importa, desde que seja limpo e o encanamento não esteja furada.

Sean franziu a testa.

— Você pode querer elevar um pouco os seus padrões, incluindo as correntes de ar. Os invernos em Boston podem ser bastante rigorosos.

Deanna torceu o nariz à sua observação.

— A corretora falou que nos esperaria lá dentro. — Ela abriu a porta do inseguro hall de entrada e começou a subir a escada. — O apartamento é no último andar.

— Ótimo — comentou Sean. — Isso nos dará a chance de ver se há infiltrações no telhado.

Ruby mal conseguiu sufocar uma risada, quando Deanna virou-se para encará-los.

— Vocês dois querem esperar lá fora?

— Nem pensar — respondeu Sean, seguindo-a degraus acima.

A porta de um apartamento no terceiro andar estava aberta, então os quatro entraram. A corretora os cumprimentou e deu início a um discurso que teria convencido Sean, se ele não estivesse no local em meio aos cômodos exíguos e pouco iluminados. Ela garantiu que as manchas no teto e nas paredes eram resultado de antigos vazamentos, agora corrigidos. O mesmo se aplicava ao piso de madeira deformado perto das janelas. A mulher não parecia ter uma explicação para o estado precário dos velhos utensílios da cozinha, mas Deanna lançou mão de sua mais nova e predileta palavra — estética — para descartar o problema.

Os dois quartos eram pequenos, mas possuíam janelas altas que de fato poderiam deixar passar uma boa quantidade de luz, uma vez que anos de sujeira fossem removidos. O banheiro tinha uma pia com manchas de ferrugem e uma banheira com pés, que já havia perdido o brilho de sua porcelana.

Era, na opinião de Sean, um verdadeiro horror, mas Deanna parecia determinada a vê-lo com lentes cor-de-rosa. O preço era razoável, e o imóvel seria dela.

— Vou ficar com o apartamento — anunciou, mesmo sob os protestos dos outros três, incluído Kevin. Então olhou para cada um deles. — E não quero ouvir uma única palavra negativa de nenhum de vocês.

Sean sabia que nem ele nem Ruby poderiam culpar alguém, a não ser a si mesmos, por ter desafiado o intrépido espírito independente de Deanna. Nada iria detê-la, a não ser que o teto desabasse sobre suas cabeças, antes que ela assinasse a documentação.

A corretora sorriu quando Deanna assinou o contrato de locação e lhe entregou um cheque. O dia da mulher com certeza estava começando muito bem, já que pudera se livrar daquele lixo antes das oito da manhã.

Vendo o queixo obstinado de Deanna pagar à corretora e receber sua cópia do contrato, Sean forçou um sorriso.

— Então, querida, quando vai querer que venhamos aqui pintar as paredes?

Ela parecia completamente perturbada pela oferta.

— Eu não esperava...

— Diga quando. — Sean já havia gasto toda cota de desafio naquela manhã.

— Na manhã de sábado.

Sean assentiu com a cabeça. Podia não ser capaz de impedi-la de se mudar com o filho para aquele lugar deprimente, mas iria torná-lo habitável antes de isso acontecer.

— Qual é a cor de tinta que quer?

— Eu mesma vou comprá-la — disse ela.

O semblante dele se fechou.

— Qual é a cor?

Deanna por fim percebeu que o levara ao limite.

— Amarelo-claro para as paredes da sala, azul para os quartos. Branco para as madeiras.

Sean assentiu, fazendo as anotações.

— Entendi.

— Acho que eu deveria pelo menos ir com você. Segundo minha experiência, os homens não são muito confiáveis quando se trata de escolher cores de tinta.

— Está insultando os meus gostos?

Ruby arqueou as sobrancelhas e sugeriu:

— Kevin, acho melhor eu e você esperarmos lá fora.

O garoto olhou para ela, sem entender.

— Como assim?

— Sua mãe e Sean estão prestes a ter uma discussão.

Linhas de preocupação vincaram a testa do menino.

— Está querendo dizer uma briga?

Sean lhe deu uma piscadela.

— Não é nada de mais. É que sua mãe parece não respeitar o meu olho para cores.

— O quê?

— Vá com Ruby. Nós desceremos em um minuto. — Depois que os dois saíram, Sean se virou e encarou Deanna. — Você podia aceitar a minha ajuda sem discutir, sabia?

— Não é com a sua ajuda que estou preocupada. É com as cores da tinta, que terei de engolir se não gostar. Eu me sentiria melhor se pudesse ir e opinar.

— Você se sente assim em relação a muitas coisas, não é?

— Porque, segundo a minha experiência, os homens não são tão confiáveis.

— Estamos falando de pintura agora ou no geral?

Deanna o fitou com um olhar firme.

— No geral.

— Dee, eu já a decepcionei? — indagou, com um tom de voz suave.

— Não, mas...

— Mas você não me deu a chance de decepcioná-la; era isso o que ia dizer?

— Na verdade, sim.

Sean queria defender não apenas a sua, mas a honra de todos os homens. No entanto, decidiu não fazê-lo. Seu pai certamente não fora confiável. Talvez a maioria dos relacionamentos fosse mesmo fadada ao fracasso. Claro, seu irmão e Maggie pareciam estar indo bem, mas havia exceções para cada regra.

Deanna o estudou, atenta.

— Não vai rebater?

— Não — respondeu, categórico. — Não vou rebater.

O que não significava que não desejasse beijá-la, protegê-la e jurar que era um homem diferente. Apenas não dispunha de nenhuma prova sólida de que isso fosse verdade.

Capítulo Treze

Mais tarde, no escritório de advocacia, Deanna concluiu que a pintura do novo apartamento era apenas mais um exemplo da tentativa de Sean de controlar a sua vida.

— Se eu não gostar do tom que ele escolher, vou mandar devolver — resmungou baixinho.

Ruby a fitou com ar de divertimento.

— Tenho certeza de que Sean entende disso. Algum dos dois já considerou a ideia de chegar a um acordo? Você sugeriu encontrá-lo na loja de materiais de construção em seu horário de almoço?

— Eu disse que queria cuidar desses detalhes sozinha — respondeu Deanna. — Afinal, o apartamento é meu. Sou perfeitamente capaz de escolher a cor das tintas, os pincéis e todo o necessário para dar um jeito nele. Também saberei lidar com o trabalho que precisa ser feito. Não contei com ninguém para fazer as coisas por mim desde que saí da casa dos meus pais.

— Conhecendo Sean como conheço, diria que ele acha que está apenas sendo útil — explicou Ruby, com calma. — Ele só está se oferecendo para assumir algo que vai tomar um pouco do seu tempo livre.

Deanna tentou enxergar a situação pela perspectiva de Sean. Foi forçada a admitir que a amiga talvez estivesse certa. O que não significava que a presunção dele não fosse irritante. Ao deixar a casa dos pais, ela se vira obrigada a aprender a confiar apenas em si mesma. Não tivera mais a possibilidade de pegar o telefone, ligar e contratar um profissional para fazer o que precisava ser feito. Assim, teve de aprender a realizar pequenos serviços de hidráulica, pintura e mecânica. E essa necessidade tornou-se mais imperativa após seu divórcio, quando o dinheiro ficou ainda mais escasso.

— Se isso vai deixá-la louca da vida, ligue para ele — sugeriu Ruby. — Sair para fazer compras é a terceira melhor maneira de se gastar a hora de almoço, depois de escapar com seu amor para uma rapidinha ou ir ao restaurante e se empanturrar. Ei, Sean pode até lhe pagar o almoço! — Um sorriso se espalhou pelo seu rosto. — Ou ir com você escolher uma cama.

Com certeza ele insistiria nisso também, decidiu Deanna, irritada. Então soltou um suspiro. Por que se aborrecia tanto com a obstinação de Sean em querer ajudá-la? A resposta era simples. Era precisamente o que ela dissera naquela manhã. Depois de Frankie e da rejeição de seus pais, deixara de confiar nos homens. Podia até ser mesmo pior com Sean, porque desejava demais que ele lhe provasse que ela estava errada.

Sentou-se à escrivaninha, respondeu aos primeiros telefonemas, tomou nota de algumas mensagens e, em seguida, quando teve um tempo de folga, ligou para Sean.

— Estive pensando... — disse, em um tom calmo. — Eu posso sair na hora do almoço. Que tal encontrá-lo para escolhermos as tintas?

— Já que está pedindo com tanta gentileza... — provocou ele. — Meio-dia está bom para você?

— Perfeito.

— Vou buscá-la de carro na frente de seu escritório.

— Sean, a loja fica a poucos quarteirões daqui. Podemos ir caminhando.

— Sei que me acha um sujeito grande, forte, mas não estou com disposição para carregar galões de tinta por aí. Precisamos do carro.

— Tudo bem, eu o encontro lá embaixo ao meio-dia.

Sean deu risada.

— Viu como foi fácil?

— Apenas porque achei que você estava certo.

— Evidente. Devia considerar tornar isso uma prática. Vamos ver como se comporta quando conversarmos sobre a escolha dos móveis.

Mesmo tendo desligado o telefone sem se despedir, Deanna achou graça da insistência de Sean. Não podia negar, porém, que aguardava ansiosa pela ida à loja de ferragens, como se fosse um encontro romântico regado a champanhe e caviar. Droga, talvez até mais. Em vista da posição social de sua família, havia muito tempo descobrira que não era o tipo de mulher que apreciava champanhe e caviar. Esses eram os gostos de sua mãe.

Deanna podia imaginar o que Patricia Locklear Tindall diria se soubesse que a filha teria um encontro romântico em uma loja de ferragens do bairro, para comprar tinta. Na verdade, a mãe, provavelmente, nem tinha ciência de que tais lojas existiam e, com certeza, não aprovaria seu relacionamento com um homem cuja ideia de fazer um bom programa era levá-la a tal estabelecimento.

Além disso, ainda havia a opinião de Patricia sobre qualquer casa que não fosse totalmente decorada por um designer de interiores antes da mudança. Deanna sabia que suas ações a teriam deixado de cabelo em pé, e isso antes mesmo de ela descobrir que a mobília da filha seria proveniente de brechós.

Sean percebeu que cometera um erro ao aceitar que Deanna o acompanhasse quando ela abriu sobre o balcão dez diferentes mostruários com tons de tinta amarela e começou a estudá-los, refletindo em voz alta sobre as vantagens de um sobre os demais. Para ele, amarelo era amarelo. Talvez fosse por isso que ela insistira em ir junto.

Por fim, Deanna se virou e o encarou, franzindo a testa.

— O que você acha?

— Este — disse ele depressa, escolhendo um tom aleatoriamente.

— Sério? Não acha que é um pouco brilhante?

Sean deu de ombros.

— Parece-me muito bom, se é um tom alegre que está querendo.

— Eu quero alegre, mas não insuportável. — Ela pegou o mais claro. — Que tal este?

Ansioso para terminar logo com aquilo, ele assentiu com a cabeça.

— Tudo bem. Vou pedir que o preparem.

Antes que ele pudesse se mover, Deanna pegou um segundo mostruário.

— Este aqui também é bonito. É um tom calmo, como uma manhã de outono.

Sean suspirou e esperou enquanto um terceiro mostruário era aberto.

— Você poderia pelo menos excluir alguns, Deanna? Só tem uma hora de almoço, e ainda temos que olhar os azuis.

— Esta é uma escolha importante. Afinal, eu e Kevin teremos que conviver com ela durante anos e anos.

Um nó se formou no peito de Sean, e nada tinha a ver com a indisposição de Deanna de tomar uma decisão. Fora o comentário "anos e anos" que o perturbou. Ela estava assumindo um compromisso com aquela pintura, pelo amor de Deus! Por que isso o incomodava?

Sean respondeu à pergunta para si mesmo. Porque significava que não haveria lugar para ele na vida dela, durante anos e anos. Deanna acreditava mais na durabilidade da pintura do que no relacionamento dos dois.

Sendo assim, o que deveria fazer? Pedi-la em casamento apenas para evitar que Deanna preferisse uma tinta? Claro que não. A ideia era ridícula. Mas, droga, sentia-se tentado a fazer exatamente isso.

Como a tentação era tão real e tão perturbadora, permaneceu em completo silêncio, deixando-a sozinha com seu debate sobre as cores que deveria usar na nova casa. Não tomaria parte naquela escolha, não importando o quão ridículo isso o fizesse se sentir. Era melhor que lhe confessar o quanto desejava que ela esquecesse toda aquela história de mudança e continuasse morando com Ruby.

Ou fosse viver comigo.

Sean ficou tão atordoado por tal pensamento ter cruzado sua mente que precisou se agarrar à beirada do balcão para se firmar. Aquela ideia era ainda mais absurda que a do casamento. Deanna tinha um filho. Era uma mulher com profundos valores. Não iria se mudar para o apartamento dele por impulso; não quando ainda temia se envolver em um relacionamento. Com ela ou era compromisso ou nada.

Sean suspirou.

— Sean, o que você acha? — perguntou Deanna, segurando o que pareciam ser suas duas escolhas finais.

Já que uma delas estava bem embaixo de seu nariz, enquanto a outra mal fora erguida, ele presumiu que havia uma mensagem no ar.

— Esta — respondeu, relutante, apontando para a escolha mais próxima.

A expressão dela se iluminou.

— Também acho. Agora vamos aos tons azuis. — Deanna franziu a testa. — Ou você acha que os quartos deveriam ser mais neutros, talvez uma cor creme suave?

Sean não se sentia capaz de discutir sobre as vantagens da cor creme sobre a azul ou vice-versa. Portanto, inclinou-se e beijou-a, fazendo-a calar-se. Dedicou-se com ardor à tarefa, sentindo o calor súbito que se espalhou através do corpo dela, o modo como seus joelhos se dobraram, obrigando-o praticamente a segurá-la. Quando por fim se afastou, Deanna o encarou, atordoada.

— O que foi isto?

Ele sorriu e encolheu os ombros, com indiferença.

— Apenas senti vontade.

— Não temos tempo para ir em casa e resolver isso.

Como se ela tivesse ao menos considerado a possibilidade, em primeiro lugar, pensou ele. Mas, incentivado pela provocação, Sean decidiu estender um pouco mais o assunto:

— Teríamos, se você escolhesse logo a cor das tintas.

Deanna riu.

— Boa tentativa, mas se acha que vou sair correndo daqui para fazer amor com você, pela primeira vez, com apenas dez minutos para gastar, está completamente maluco.

— Quinze minutos, se você me deixar voltar aqui mais tarde e comprar as tintas.

Deanna afagou-lhe a bochecha.

— Sem chance. Quero que tenhamos muito, muito tempo quando finalmente fizermos.

Quando; não *se*. Sean percebeu a diferença. Intrigado, fitou-a nos olhos.

— Só a título de curiosidade, o que pretende fazer durante todo esse tempo?

Um tom rosa vívido tingiu o rosto de Deanna.

— Use a imaginação.

— Querida, do jeito que minha imaginação está funcionando, não teríamos tempo suficiente mesmo que ficássemos trancados em um quarto durante um mês.

Ela sorriu.

— Exatamente.

Sean a encarou. Havia um traço de malícia na expressão de Deanna que ele só vira uma vez, tempos atrás, quando ela o provocou com aquela casquinha de sorvete. Agora ficou claro que não foi apenas uma ilusão de ótica. Também ficara claro que monotonia, com certeza, jamais seria um problema entre os dois. Assim, se fosse capaz de vencer o terror que o pensamento de se casar sempre lhe despertou, poderia de fato tomar coragem e pedi-la em casamento.

Nesse meio-tempo, teria que se contentar em ficar ao seu lado até ela se decidir sobre a cor das tintas, antes que a loja encerrasse o expediente.

Deanna se debatia com panelas e frigideiras na cozinha quando Ruby chegou em casa, naquela noite. A amiga parou à porta e a fitou com cautela.

— Você e Sean brigaram?

— Não.

— Vocês se encontraram para escolher as tintas na hora do almoço, não é?

— Sim.

— E?

— E nada — resmungou Deanna e, em seguida, afundou em uma cadeira. — Esse homem está me deixando louca. Do nada, ali mesmo no meio da loja de ferragens, beijou-me como se não houvesse amanhã.

— Ah, meu Deus! Você ficou envergonhada?

— Na verdade, não.

— Furiosa? — Pelo jeito, a curiosidade venceu a cautela, porque Ruby se arriscou, entrando e se sentando ao lado dela.

— Apenas porque não havia tempo para terminar o que ele começou — admitiu Deanna. — Jamais em minha vida desejei tanto fazer amor com um homem. Se Sean tivesse me tentado um pouco mais, eu teria ido para casa com ele, naquele momento. Mas, em vez disso, ele desistiu.

— Quer dizer que Sean aceitou um "não" como resposta. Mas não é isso o que um cavalheiro deve fazer?

— Bem, é claro — concordou Deanna, impaciente. — Mas foi chato do mesmo jeito. Ele deveria ter percebido que eu o queria.

— Os homens que pensam que sabem o que uma mulher quer quando ela está dizendo "não" tendem a se envolver em um monte de problemas — observou Ruby. — Tenho certeza de que Sean sabe disso. Acho que é melhor ser um pouco mais específica, se quer mesmo fazer amor com ele. Talvez quem sabe preparar o ambiente acendendo algumas velas, colocando algumas flores sobre a mesa, preparando uma refeição fabulosa para ele e beijando-o até que ele não consiga respirar.

Deanna soltou um longo suspiro.

— Ah, sim, isso é fácil para você, que vive namorando. Tem autoconfiança. Mas eu fui abandonada pelo único homem com quem fiz amor. Talvez seja mesmo ruim em matéria de sexo. Talvez passe a impressão de que não gosto de ser tocada.

Deanna sabia que isso não era bem verdade. Tinha provas de que Sean a desejava, evidências verbais e físicas, por assim dizer. A excitação dele naquele dia e em outras ocasiões era inconfundível.

— Ah, por favor! — Ruby fez uma careta. — Frankie Blackwell era um egoísta, um rato imprudente. Abandonou-a porque era um irresponsável, idiota, imaturo e a enxergava como um ticket refeição, e não porque você não era boa de cama. Ele e Sean Devaney não têm nada em comum. — A amiga fez uma pausa e estudou-a, atenta. — Está mesmo com medo de não parecer sexy ou temendo seus sentimentos por Sean, o tipo de sentimentos que disse a si mesma que jamais nutriria por outro homem?

— Não nutro sentimentos por ele, não do jeito como você está imaginando — insistiu Deanna, com veemência. — Só quero fazer amor com ele. Sean é lindo. Sensual. Trata-se apenas de luxúria, nada mais.

Ruby revirou os olhos.

— Se você fosse o tipo de fazer sexo sem compromisso, eu seria a primeira a lhe dar força; mas não é. Você faz o tipo felizes para sempre. Quer romance e compromisso. Você tem um filho. Não vai ceder aos seus hormônios por capricho. Se fosse, já teria feito há muito tempo. Teve chances para isso.

— Nenhuma que valesse a pena considerar — replicou Deanna, em defesa própria. — E posso muito bem fazer sexo sem compromisso. Não tenho nada contra.

— Deanna, quantas vezes já me disse que não gosta de namorar porque poderia confundir a cabeça de Kevin? Agora está disposta a ir para a cama com um homem só porque sente desejo por ele? Acho que não. É mais que isso. Está louca por Sean. Ou pelo menos meio apaixonada por ele, se não estiver completamente. Por que não admite isso e vai em frente? Homens como Sean Devaney não aparecem todos os dias, você sabe.

Deanna se recusou a considerar tal possibilidade. Não queria se apaixonar, e não estava apaixonada. Ponto final.

— Não vou admitir nada, porque você está errada — afirmou, enfática.

— Só tenho uma palavra para você: negação.

— Não sabe o que está dizendo, Ruby.

Mas a triste verdade era que Ruby acertara em cheio.

E esse era o ponto crucial do problema. No fundo, bem enterrado em uma parte do seu coração, que havia anos ela não costumava ouvir, existiam sentimentos que Deanna não estava preparada para reconhecer; não em voz alta, nem para si mesma.

No fundo, sabia que desejava mais que apenas sexo de Sean. Uma pequena parte desconhecida de si queria uma coisa que ele nunca lhe prometeu fazer. Casar, formar uma família e viverem felizes para sempre.

Mas esses eram sentimentos, esperanças e sonhos que levavam à dor. Era melhor, mais seguro, fingir que não existiam. Era muito mais sensato aceitar que havia limites para o relacionamento. Sean certamente pensava assim. Seus motivos eram válidos. Bem como os dela.

Deanna acreditava do fundo do coração que Sean viria a ser capaz de selar esse tipo de compromisso no futuro, que era um homem estável, confiável e jamais abandonaria a família como os pais fizeram com ele; como Frankie fizera com ela.

Infelizmente, porém, Deanna não era a pessoa que tinha de acreditar nele. Sean precisava acreditar em si mesmo. Sem isso, não importava o que ela queria ou o que necessitava. Pensar que poderia controlar as emoções dele, curar-lhe velhas feridas, era um modo infalível de partir o próprio coração.

Ao encontrar o olhar preocupado de Ruby, Deanna forçou um sorriso.

— Pare de me olhar assim. Sei o que estou falando.

— Você está se iludindo — insistiu a amiga. — Pare de fazer suposições sobre o que Sean quer ou não quer. Diga-lhe como você de fato se sente. Honestidade total é a única maneira de obter o que quer.

Deanna fitou-a, curiosa.

— Já disse a Hank o que você quer?

A pergunta perturbou Ruby. Manchas vermelhas tingiram-lhe o rosto.

— Não, não é mesmo? — Deanna a encarou, triunfante. — Você é ótima em dar conselhos, mas não os segue.

— São duas situações diferentes — replicou Ruby, a voz firme.

— Quer dizer que não tem interesse em um futuro com Hank? — perguntou Deanna, com ceticismo.

— Eu não falei isso.

— Bem, então? O que está esperando?

A expressão de Ruby tornou-se pensativa.

— Acho que você e eu poderíamos fazer um pacto: prometer saltar dessa ponte juntas. Assim, se cairmos e nos machucarmos, sempre poderemos contar uma com o ombro da outra. O que acha?

Deanna estreitou o olhar e a estudou, ponderando sobre a proposta de Ruby.

— Eu digo a Sean como me sinto e você diz a Hank como se sente? É esse o trato?

— Exatamente.

Se isso desse o empurrão que Ruby precisava para ser honesta com Hank, Deanna estava disposta a aceitar.

— Está bem.

Ruby a encarou espantadíssima.

— Vai fazer isso?

— Se você fizer — disse Deanna.

— Certo, então. Acordo fechado. Quando?

— Na primeira oportunidade. Você verá Hank hoje à noite, certo?

Ruby engoliu em seco.

— Eu disse que ia ligar para ele se estivesse livre.

Deanna sorriu.

— Então ligue. — O sorriso se alargou. — Acho que não me importo de esperar você chegar em casa hoje à noite.

— Não está sendo otimista demais? — resmungou Ruby.

— De jeito nenhum. Vi a maneira como Hank olha para você.

— Isso não quer dizer que ele quer mais que um envolvimento sexual passageiro. Deve estar louco por isso, já que o tenho mantido a distância todos esses meses.

Deanna a fitou com um olhar pesaroso.

— Ruby, pense nisso. Se sexo fosse a única coisa que Hank tem em mente, poderia ter deixado você há semanas e procurado alguém mais disposto. Ele nunca teve dificuldade em encontrar companheiras no passado. Pelo menos, foi o que Sean me contou. Continua a procurá-la porque você o fascina. Você é imprevisível. E o excita. Querida, você é uma mulher fantástica. Qualquer homem com metade de um cérebro saberia que seria um sortudo se a tivesse em sua vida.

Ruby sorriu ao se levantar e saiu da cozinha.

— Lindo discurso. Mas se Hank concordar em sairmos hoje à noite, acho que vou usar algo escandalosamente sexy, para o caso de você estar errada. E você? Quando verá Sean?

Deanna deu de ombros.

— Não sei.

Ruby estacou no meio do caminho.

— Pode parar. Vou abrir meu coração, confessar meus sentimentos, e você fará o quê? Vai ler um bom livro?

— Duas revistas de decoração, na verdade.

— Nada disso — protestou Ruby, pegando o telefone e entregando-o a Deanna. — Ligue para Sean agora mesmo e convide-o para vir até aqui. Vou correr lá embaixo e ver se Kevin pode passar a noite com Timmy.

— Timmy está viajando. — Deanna nem mesmo tentou disfarçar seu alívio com a desculpa para adiar o encontro prometido com Sean. Para ser honesta, nunca tivera a intenção de cumprir sua parte do acordo.

Ruby franziu a testa e voltou à cozinha.

— Passe-me uma dessas revistas — pediu, estendendo a mão.

— Por quê?

— Porque nós fizemos um acordo.

Deanna olhou para a amiga, desconfiada, de súbito consciente de que Ruby não tinha mais intenção de seguir em frente com o planejado.

— Nunca teve intenção de falar com Hank esta noite, não é?

Ruby ignorou a pergunta e começou a folhear a revista.

— Hein? — insistiu Deanna. — Era um truque para eu falar com Sean.

Ruby olhou por sobre a publicação.

— Será que eu tentaria enganar minha melhor amiga?

— Com certeza — retrucou Deanna.

— Só se achasse que estava agindo para o bem dela.

— Isso não é desculpa.

Ruby deu risada.

— E o seu coração está mais inocente que o meu? Pretendia mesmo confessar seus sentimentos a Sean, se não esta noite, quando o encontrasse?

— Sim, com certeza — afirmou Deanna, esforçando-se para manter uma expressão virtuosa.

— Sei.

Deanna suspirou.

— Nós duas formamos um belo par, não é? Nesse ritmo, estaremos com 102 anos e ainda falando sobre o que poderia ter sido.

— Esse pensamento é tão aterrorizante que vai nos obrigar a entrar em ação — disse Ruby.

As duas trocaram um olhar, e em seguida proferiram em coro com total sinceridade:

— Amanhã.

— Muito cedo, para mim — acrescentou Ruby.

— Para mim também.

No entanto, Deanna tinha um palpite de que ambas deveriam rezar para que o amanhã não se tornasse tarde demais.

Capítulo Catorze

PARA SEAN, seu relacionamento com Deanna já havia passado do ponto em que normalmente costumava terminar tudo e partir para outro. Ela já fazia parte de sua vida. Não se passava um minuto sem que se sentisse desesperado para beijá-la, e ainda mais desesperado para fazer amor com ela.

Se a reação fosse puramente física, saberia como lidar com ela, entretanto era mais que isso. Razão pela qual deveria lhe dar mais espaço, em vez de se colocar no caminho da tentação, indo àquele novo e repugnante apartamento, bem cedo, naquela manhã.

Por outro lado, como poderia ficar em apuros enquanto estivessem pintando? Pelo que sabia, Deanna ainda não escolhera os móveis, portanto, não haveria nem um sofá, muito menos uma cama, para lhe dar alguma ideia sobre o que preferiria fazer com ela naquele dia. Além do mais, Hank e Ruby estariam lá. E Kevin também, provavelmente.

Sean sorriu ao pensar na expressão de adoração que tomava conta do rosto do menino quando o via por perto. Kevin era uma parte significante do que vinha acontecendo entre ele e Deanna. O menino precisava de um pai substituto, e até agora Sean não vira nenhuma evidência de que alguém estivesse se preparando para assumir tal responsabilidade. Procurava não pensar sobre o que aconteceria se o seu relacionamento com Deanna terminasse. Ou, pior, se ela conhecesse outro homem que estivesse ansioso para bancar o pai.

Sean contraiu a mandíbula. Isso não aconteceria, a não ser que ele fizesse uma averiguação minuciosa para se certificar de que o sujeito era digno dos dois. Ainda estava incomodado com esse pensamento, quando a campainha tocou. Sean abriu a porta e se deparou com o irmão.

Ryan ergueu as mãos e recuou um passo.

— Ei, seja o que for, não fui eu o culpado.

A fisionomia fechada de Sean se aprofundou.

— Do que está falando?

— Dessa cara emburrada, que diz que você está procurando alguém para dar um soco — explicou Ryan. — O que houve?

Sean não conseguiu um grande sorriso, mas se forçou para manter uma expressão neutra.

— Desculpe. Eu não estava muito bem.

— Deu para notar. Quer falar sobre isso?

— Não tenho tempo. Estava de saída — respondeu, na esperança de evitar um interrogatório sobre o seu estado de espírito.

— Nesse caso, não vou prendê-lo aqui por muito tempo. — Ryan ignorou a falta de convite para entrar no apartamento. — Aonde vai, afinal?

Sean estudou o irmão. Ainda havia uma certa cautela entre os dois. Após tantos anos de distância, não podiam simplesmente recuperar a camaradagem de irmãos que deixaram para trás quando crianças. Haviam feito algum progresso, mas ainda persistia um desconforto natural em revelar muito, em contar um com o outro, como faziam na infância. Muitas águas, muita raiva haviam rolado, desde os velhos tempos.

Talvez, porém, aquela fosse a oportunidade perfeita para mais uma rodada de estreitamento de laços fraternais.

— Estou ajudando uma amiga a pintar o apartamento.

Sean abriu caminho para a pequena cozinha. Como ficara óbvio que Ryan não iria a lugar algum até dizer o motivo que o trouxera ali, pelo menos ambos podiam ficar mais confortáveis.

— O café ainda está quente — disse Sean, após testar a jarra da cafeteira. — Quer um pouco?

— Claro.

Sean serviu duas xícaras, entregou uma a Ryan e, em seguida, sentou-se, com as pernas abertas, em uma cadeira, à espera de que o irmão explicasse o que fazia ali. Quando Ryan permaneceu calado, ele se viu preenchendo o silêncio:

— Tive uma ideia — começou, sentindo-se pouco à vontade em lhe pedir algo. — Se está com tempo livre esta manhã, poderíamos contar com outro par de mãos no apartamento. Não tem problema se não puder, mas acho que seria divertido irmos até lá.

— Tenho duas horas sobrando — afirmou Ryan depressa, aceitando o convite como a oferta de paz que se destinara a ser. — Quem é a amiga?

— Deanna Blackwell.

Ryan estudou-o com curiosidade.

— Namorada?

Sean meditou, tentando descobrir como responder àquilo. Supôs que a palavra estava bem próxima de uma descrição, mas não queria admitir e, em seguida, ouvir as dezenas de perguntas que com certeza se seguiriam. Assim, optou por uma resposta evasiva:

— Não exatamente — murmurou.

O irmão sorriu.

— Talvez eu possa ajudá-lo a esclarecer isso. Como Deanna vai recompensá-lo por recrutar uma equipe de pintura?

— Não é bem assim — protestou Sean. — Ela é apenas uma amiga, que por acaso é mulher.

Com beijos que derreteriam uma viga de aço.

— Claro. — A expressão de Ryan exibia um traço de suspeita.

— É verdade.

— Eu acredito, mano.

Determinado a mudar de assunto antes que Ryan o fizesse revelar mais do que pretendia sobre seu relacionamento com Deanna, Sean perguntou:

— Certo, além de querer me importunar, o que mais o trouxe aqui esta manhã?

Ryan pareceu ponderar sobre deixá-lo escapar com o estratagema óbvio. Por fim, respondeu:

— Queria que você soubesse que tenho uma pista sobre Michael.

Sean engoliu em seco ao ouvir aquilo. A busca pelo restante da família fora ideia de Ryan. Ele próprio não estava tão entusiasmado. Toda vez que pensava na família que perdera, sentia vontade de começar a quebrar as coisas. Odiava o que seus pais o tinham feito passar. Tentava não pensar sobre eles, ou sobre os irmãos que não via desde a primeira série.

Mas não podia negar que, desde que conhecera Deanna, passara a se importar mais com o significado da palavra família. Parecia um pouco mais aberto à possibilidade de descobrir as respostas para todas as perguntas que o assombraram por todos aqueles anos.

— Você sabe onde está Michael? — perguntou, com o peito apertado.

Ryan sacudiu a cabeça.

— Não com exatidão. Parece que ele é da Marinha, mas não consegui descobrir onde está lotado.

De repente, Sean lembrou-se do garoto de quatro anos que os seguia, ansioso para fazer qualquer coisa que o deixassem fazer, só para ficar perto dos irmãos. A imagem era tão vívida que quase fez seu coração parar de bater. Algo naquela cena longínqua de idolatria infantil mexera com ele. Fora a última vez que alguém tinha olhado daquela maneira... Pelo menos até que se tornasse bombeiro. Talvez a necessidade de ser o herói de alguém tivesse sido uma das razões fundamentais para ter escolhido a perigosa profissão.

De vez em quando, o modo como Kevin o fitava o fazia se lembrar do modo como Michael olhava para os dois irmãos mais velhos. Irmãos que, quando as coisas ficaram difíceis, não foram capazes de fazer nada para torná-las melhores. Talvez não tivessem esse poder, mas de alguma maneira ele e Ryan haviam abandonado Michael, da mesma forma como os pais abandonaram todos eles.

Sean suspirou e se deparou com a expressão preocupada de Ryan.

— Tudo bem, Sean?

— Estava apenas pensando no quanto nós o decepcionamos — admitiu, incapaz de segurar o tom de aversão a si mesmo na voz.

— Sei como se sente. Convivi com a mesma culpa por anos em relação a vocês dois. Mas Maggie me fez ver que éramos apenas crianças. Não havia nada que pudéssemos fazer para mudar o rumo dos acontecimentos. Em se tratando de crianças, os adultos sempre dão a palavra final. Éramos obrigados a fazer o que eles decidissem. Agora temos que continuar do ponto em que estamos. Não há nenhum propósito em olhar para trás desejando ter feito as coisas de forma diferente.

— É verdade.

— Ei, você me perdoou. Talvez Michael nos perdoe também.

— É possível que nem se lembre de nós — observou Sean.

— Que inferno! Ele tinha apenas quatro anos quando fomos separados.

Ryan suspirou.

— Pode ser, mas não vou parar de procurá-lo agora. Alguma ideia de como podemos usar a pista que consegui?

Sean não queria tomar parte naquilo. Cabia a Ryan conduzir sua investigação, talvez descobrir um ou outro membro da família. Então, ele, Sean, teria a opção de querer vê-los... ou não.

Mas a lembrança de Michael, o lábio inferior tremendo ao ser levado por um par diferente de pais adotivos, o fez desejar um desfecho, também. E um olhar ao semblante de Ryan deixou claro que não deveria se omitir, ainda mais quando poderia haver uma maneira de ajudá-lo.

— Um cara no departamento tem um irmão que trabalha no Pentágono. Talvez estivesse disposto a descobrir algo para nós — admitiu Sean, com certa relutância. — Quer que eu pergunte a ele?

— Seria ótimo! — afirmou Ryan, entusiasmado. — Sei que você tem suas reservas sobre tudo isso, mas me ver novamente não foi tão terrível assim, foi?

Sean sorriu.

— Não. Mas quantas vezes eu o vi de fato? Não deu tempo de você começar a me irritar.

— Muito engraçado. Agora, fale-me sobre essa mulher que irá ajudar esta manhã. — Ryan tentava persuadi-lo a voltar ao assunto que Sean tinha esperança de evitar. — Como se conheceram?

Sean contou a história do incêndio e tudo sobre Kevin. Quando terminou, viu um largo sorriso no rosto do irmão.

— Você está apaixonado — declarou Ryan, extasiado.

— Não seja ridículo.

— Ela é bonita?

— Eu acho.

— Doce?

Sean pensou no temperamento explosivo e na independência irritante de Deanna, tudo isso temperado por uma dose de ingenuidade surpreendente.

— Bastante doce, creio eu.

— Vulnerável?

O olhar de Sean se estreitou.

— Sim — confirmou, com determinação.

— E é uma mãe solteira batalhadora?

— Sim. O que você acha?

— Donzela em perigo. Criança desesperada por um pai. Bombeiro com necessidade de bancar o herói. Some dois mais dois e vai encontrar a resposta.

Sean não gostou da maneira como o irmão resumiu tudo.

— Ora, vá para o inferno! — resmungou.

Ryan sorriu.

— Não até dar uma boa olhada nessa mulher. E, antes que você me chame de chato, pense nisto: poderia ser pior.

— Não vejo como.

— Maggie passou por todos esses estágios. — Seu rosto assumiu uma expressão vaga, e então Ryan encontrou o olhar de Sean. — Ela tem todos esses impulsos de construir um ninho. — Hesitou, depois acrescentou: — Maggie está grávida.

Sean encarou o irmão, tentando avaliar como ele se sentia com a notícia. Mas não o conhecia bem o suficiente para interpretá-lo com precisão.

— Você parece confuso, Ryan. Está feliz porque vai ser pai, não é?

— Feliz e aterrorizado.

— Aterrorizado por quê? — perguntou, mesmo podendo adivinhar a resposta. Optou por ser solidário, dizendo as palavras que gostaria de ouvir se estivesse no lugar de Ryan: — Você será um excelente pai. E Maggie é incrível. Será uma mãe maravilhosa.

— Ah, sim — disse o irmão, a expressão cética. — Maggie será uma excelente mãe, mas e quanto a mim como pai? Não sei. Nós dois, tanto eu quanto você, não tivemos um exemplo muito bom para nos espelharmos.

— O que significa que vai se esforçar para evitar cometer os mesmos erros. — Sean o tranquilizou, copiando as palavras que Deanna lhe dissera.

— Da mesma forma como você vem tentando com esse garoto? Qual é mesmo o nome dele? Kevin?

Sean suspirou.

— É. Algo parecido com isso.

— Apenas um conselho, Sean. Se o que diz é verdade, que não está interessado na mãe dele... não que eu acredite, nem por um segundo, então tome cuidado. Ninguém melhor que nós dois para saber o que se sente ao ser abandonado. Você pode não ser oficialmente o pai do garoto, mas se ele o considera como tal, poderia ser devastador se o deixasse.

— Sim, eu sei. É algo que, com certeza, eu não esqueceria.

Com esse pensamento pairando no ar, ambos ficaram em silêncio. Sean conseguiu descobrir uma falha no seu plano de se manter afastado de Deanna por uns tempos. Precisava tomar a decisão de ficar ou não, antes que fosse tarde demais.

Infelizmente, no fundo do seu coração, Sean sabia que era tarde demais em todos os aspectos. Não havia dúvida de que já amava aquela criança. E o que era mais importante, gostando ou não, estava apaixonado pela mãe do garoto.

Admitir esse fato para si mesmo era uma coisa. Tomar uma atitude, fazer o que era certo, era outra completamente diferente. Mas não havia dúvida sobre isto: estava ficando sem desculpas e sem tempo.

SEAN FICARA com um humor estranho durante o dia todo. Deanna o observou e percebeu que a mesma expressão pensativa, que ela julgou preocupante no segundo em que ele apareceu com o irmão, continuava em seu rosto.

O fato de ele não ter reagido ao saber que ela já havia conseguido comprar alguns móveis era especialmente revelador. Esperava um olhar mordaz dirigido ao sofá, talvez uma observação sobre a cama, mas ele não dissera nada.

Talvez por causa da presença do irmão. Deanna simpatizou com Ryan Devaney na hora, mesmo quando percebeu que ele a avaliava, embora de forma sutil. Na verdade, uma parte dela o admirava ainda mais por isso. Achava muito nobre da parte dele ter procurado o irmão mais novo, mesmo após todos aqueles anos de separação. Embora, às vezes, a interação entre os dois parecesse estranha, havia uma tendência inequívoca de amor, e um vínculo que se fortalecia com o passar do tempo.

Pelo visto, ela conseguira a sincera aprovação de Ryan, porque ele a beijou no rosto quando foi embora e sussurrou:

— Aguente firme.

Deanna ainda não estava muito certa do que isso queria dizer, mas suspeitava que tinha algo a ver com o humor estranho de Sean. Ele se oferecera para acompanhar o irmão, mas Ryan se recusou e, em vez disso, desceu com Hank e Ruby.

Kevin fora passar o fim de semana com um amigo, então não apareceria lá durante a pintura, o que significava que agora Deanna estava sozinha com Sean no novo apartamento.

— Obrigada pela ajuda de hoje — disse ela, enquanto juntava as caixas de pizza vazias e as levava para a lixeira na cozinha. — Quer uma cerveja, um refrigerante ou outra coisa?

— Nada.

Deanna voltou à sala e o estudou com atenção.

Sean estava deitado em uma poltrona que ela havia encontrado em um brechó, na véspera. Mesmo com manchas de tinta na camiseta, no jeans e até mesmo na ponta do nariz e nos cílios, ele se mostrava uma figura bastante atraente.

Se ao menos não exibisse aquela expressão fechada, ela pensou, mal contendo um suspiro.

— Certo, vamos lá. — Deanna se postou na frente dele, com as mãos nos quadris. — O que está havendo com você? Agiu de forma estranha o dia inteiro.

Sean parecia um tanto surpreso por ela repreendê-lo. Endireitou-se e a olhou como se pudesse afirmar que estava tudo bem, mas Deanna o interrompeu:

— Aconteceu algo antes de você e Ryan virem para cá? Sei que ele está à procura de Michael. Receberam alguma notícia?

— Ele conseguiu uma pista — admitiu Sean.

Deanna franziu a testa. Sean respondera um pouco rápido demais, quase como se estivesse aliviado por ela ter perguntado sobre a busca de sua família.

— É uma boa notícia, não é?

— Sim, claro que é — afirmou ele, embora sem muito entusiasmo. — Verei se um amigo meu no departamento pode nos ajudar a encontrá-lo.

— Bem, então não é isso — concluiu ela. — Vamos lá, Sean. Fale comigo. Pensei que fôssemos amigos.

Para sua surpresa, a expressão dele ficou ainda mais fechada.

— Sim, tudo bem, esse era o plano.

O coração de Deanna começou a bater loucamente. Fez um resumo mental de tudo o que acontecera, durante o trabalho de pintura, mas nada fora do comum lhe ocorreu.

— E algo ocorreu hoje para mudar isso? — sondou. — Fiz alguma coisa que o magoou?

Os cantos dos lábios dele se curvaram.

— Pode-se dizer que sim, embora provavelmente não da maneira que está imaginando.

— Diga-me.

Sean a fitou, angustiado.

— Está bem, já que perguntou e não quero mentir para você, lá vai: estou apaixonado por você.

Algo que lembrava muito uma alegria inebriante a inundou. Ainda assim, Deanna percebeu que Sean não parecia tão feliz com a descoberta de que seus sentimentos eram tão profundos.

— Mas? — perguntou ela, com cautela.

Os olhos dele encontraram os seus.

— É isso aí. Sei que você não está interessada em ter um relacionamento, e não estou convencido de que sou bom neles, e aqui estou, tentando mudar as regras.

Apesar de seu tom sombrio, Deanna não conseguia conter a sensação de pura alegria. Até ouvir as palavras escaparem dos lábios de Sean, não havia percebido o quão desesperadamente queria ouvi-las. Ela riu e se atirou nos braços dele.

— Já não era sem tempo, Sean Devaney. A espera estava me deixando louca.

Ele a apertou contra o peito e, em seguida, recostou-se para examinar-lhe o rosto.

— Você não está furiosa?

Deanna parecia quase tão atordoada com aquilo quanto ele, era óbvio, mas o que sentia era êxtase, não raiva.

— Furiosa? — repetiu, nem mesmo tentando disfarçar o espanto. — Acho que não. — Para provar, ela o beijou, não afastando os lábios até suas respirações se tornarem ofegantes.

Um sorriso brotou nos lábios de Sean.

— Faz ideia do quanto desejo fazer amor com você, Deanna Blackwell?

Ela se contorceu de encontro a Sean.

— Para falar a verdade, acho que sim.

— Então?

— A cama está preparada. Não há ninguém por perto para interromper. Eu diria que temos todo o tempo do mundo.

A expressão de Sean ficou séria. Ele estendeu a mão com os dedos um pouco trêmulos e afastou um cacho de cabelo do rosto dela.

— Tem certeza de que é isso o que quer?

Deanna tocou-lhe os lábios com as pontas dos dedos.

— Não se pretende ficar discursando até a morte.

Ele riu.

— Nada mais de conversas?

— Não... Creio que todas as coisas importantes já foram ditas.

— Nem tudo. Você não disse o que sente por mim, sobre nós.

— Não? Pensei que tivesse dito. — E o beijou apaixonadamente. — Não está claro o suficiente? Eu te amo, Sean Devaney. Nunca pensei que diria isso a outra pessoa, mas é verdade. Nem mesmo eu poderia ser teimosa o suficiente para continuar negando isso, quando está estampado na minha cara. Eu te amo.

A expressão dele se iluminou. Antes que ela pudesse adivinhar o que ele tinha em mente, Sean se levantou, ainda segurando-a nos braços, e se dirigiu para o quarto recém-pintado. Ao chegar à porta, hesitou.

— Um banho primeiro — disse ele. — É claro que não terei roupas limpas para vestir mais tarde.

Deanna sorriu.

— Não creio que as roupas serão necessárias pelo restante da noite.

— Quer se juntar a mim no chuveiro? Ou prefere ir primeiro?

Em outras circunstâncias, Deanna teria preferido ir primeiro, talvez usar o tempo para acalmar os nervos antes de dar o próximo passo. Mas naquele exato momento, não podia pensar em se separar dele um segundo sequer. Apesar de admitir que estava apaixonado por ela, ainda havia uma chance de Sean mudar de ideia sobre fazer amor. É claro que ambos sabiam que estavam prestes a cruzar uma linha da qual não haveria retorno.

— Vou esfregar suas costas, e você, as minhas — murmurou Deanna.

Os olhos de Sean escureceram.

— Fechado — disse, a voz soando rouca.

O banheiro era enorme, com uma antiga banheira e um chuveiro instalado no alto. O piso estava frio sob seus pés descalços. Deanna estremeceu, de repente, dominada por um ataque de nervosismo.

Sean a estudou.

— Mudou de ideia?

— Não — afirmou, categórica. Mas o ato de passar de vestida a nua a intimidava.

Sean parecia adivinhar o que se passava na mente dela. Encarando-a com um olhar fixo, estendeu a mão na direção das torneiras e as abriu. Em seguida, começou a erguer a barra da camiseta de Deanna, lentamente, sem desviar o olhar de seu rosto, até tirá-la pela cabeça.

Evitando tocar-lhe os seios, deslizou as juntas dos dedos devagar por sua pele nua, em direção ao zíper do short jeans. Um leve puxão fez a peça escorregar pelos quadris de Deanna e cair no chão.

No instante seguinte, ela estava de pé, diante dele, só de calcinha e sutiã, observando o desejo inundar seus olhos. Sean se livrou dos tênis, da camiseta e da calça jeans de uma só vez, ficando apenas de cueca, que não escondia o evidente volume de sua excitação. Um sorriso brincou em seus lábios.

— Se achar melhor, poderíamos entrar no chuveiro assim, fingir que vamos nadar — sugeriu.

Uma minúscula parte de Deanna queria fazer isso. Na verdade, havia algo incrivelmente provocante em imaginar como se sentiriam com o tecido úmido colado às curvas do seu corpo e à evidência física do desejo dele. Outra parte gritava, chamando-a de covarde. Se aquilo era o que ela queria, e de fato era, então não deveria ser feito pela metade. E nem haver nenhum tipo de hesitação ou constrangimento, também.

Não conseguindo formar uma única palavra, Deanna se curvou e soltou o fecho do sutiã, deixando-o cair em seguida. Sean respirou fundo quando seu olhar recaiu sobre os seios dela. Estendeu a mão e, com um dedo, contornou um mamilo bem devagar; então fez o mesmo com o outro. O gesto foi suficiente para fazê-la experimentar uma intensa onda de calor.

Logo as mãos dele escorregaram para o cós elástico da calcinha que ela usava, desnudando-lhe a parte inferior do corpo. Não passou de um toque breve e superficial, mas ainda assim Deanna tremia com o desejo que latejava em algum lugar, em seu interior.

Sean percebeu a reação de Deanna e, quando ela estendeu a mão para tirar sua cueca, ele a segurou pelos pulsos.

— Algo me diz que é melhor eu mesmo fazer isto, se quisermos de fato tomar um banho.

Deanna sorriu, maravilhada, ao ouvir a admissão de que Sean estava tão excitado quanto ela. Sentiu algo que não sentia havia muito tempo. Ele a fazia se sentir desejada. Durante muitos anos, Deanna se concentrara apenas em ser mãe. Esquecera como era ser mulher.

Finalmente despido, Sean tomou-lhe a mão e a ajudou a entrar na banheira. Depois, fez o mesmo e postou-se na frente dela.

Com o olhar fixo em seu rosto, pegou o sabonete e começou a ensaboá-la, com movimentos ágeis e escorregadios, em uma tentativa de evitar excitá-la. Deanna quase riu das linhas de concentração que lhe vincavam a testa. Poderia ter lhe dito que todo aquele esforço era desperdício de tempo. Todos os lugares em que Sean a tocava estavam em chamas. Seu coração batia como se tivesse acabado de correr uma maratona.

— Agora é a minha vez — disse ela, tirando-lhe o sabonete das mãos e usando-o para produzir uma espuma cremosa que espalhou lentamente pelo peito firme.

A espuma branca contra a pele bronzeada a fez desejar permanecer no local por mais tempo, mas havia muito mais a explorar: os ombros largos, as coxas musculosas, as costas poderosas e um traseiro perfeito. Deanna podia sentir o calor da pele dele sob seu toque, a rigidez de seus músculos sólidos.

— Já chega — murmurou Sean, a voz carregada de tensão.

Virando-se, puxou-a para si, proporcionando um contato mais íntimo em suas peles ardentes e escorregadias. Com os braços enlaçando-a pela cintura, ele se moveu, de modo que o chuveiro jorrasse sobre ambos. A água, nos canos antigos, saía fresca, mas não fria o suficiente para aplacar o fogo que os fazia arder de paixão.

Quando ficaram limpos, ele desligou o chuveiro, pegou uma toalha e enxugou a pele de Deanna. Em seguida, secou-se depressa, antes de tomá-la nos braços e levá-la para o quarto.

Deanna sentia ondas de desejo tomarem conta do seu corpo. A ânsia de tê-lo por inteiro dentro de si, satisfazendo-a, tornava-se cada vez mais intensa.

Ao que tudo indicava, Sean sentia a mesma urgência, pois hesitou sobre ela, apenas alguns segundos, contemplando-a no fundo dos olhos, antes de penetrá-la devagar, gemendo e suspirando com um prazer óbvio.

Mas a união de seus corpos não foi suficiente, não por muito tempo.

Excitado, Sean deu vazão ao desejo que o consumia e começou a se mover. Os movimentos, lentos a princípio, se tornaram profundos e mais intensos. Deanna agarrou-se a ele, os quadris subindo e descendo para encontrá-lo, procurando, desesperadamente um prazer que permanecia fora de alcance. O ritmo alucinante provocava e torturava, prometendo muito, mas retrocedendo, até Deanna sentir vontade de gritar.

Nesse instante, os dedos de Sean acariciaram-na intimamente, enviando ondas de choque que pareciam rasgá-la. O grito veio em seguida, mas ele lhe cobriu a boca com os lábios, abafando o som, enquanto a pressionava ainda mais com o corpo. Então começou a movimentar os quadris outra vez, levando-a além, para onde ela jamais pensou ser capaz de chegar, até que, juntos, saltaram em queda livre pelos confins da Terra.

Capítulo Quinze

No passado, para Sean, a manhã seguinte, após fazer amor com uma mulher, sempre significara uma fuga apressada para águas emocionais mais seguras. Mesmo nas raras ocasiões em que ficava para o café da manhã, tinha o cuidado de se retirar para um território mais neutro. Fazia o possível para não transmitir sinais confusos que pudessem sugerir que a noite anterior fora um prelúdio de algo mais duradouro.

Naquela manhã, porém, acordou com a descoberta de que se encontrava exatamente onde queria estar, onde *pretendia* estar pelo resto da vida: na cama, com Deanna aninhada ao seu lado, sua respiração tranquila tocando-lhe o peito nu.

Mesmo ao fazer essa admissão mental, esperou que o pânico viesse em seguida. Esperou que algum tipo de instinto de autodefesa surgisse, o que o teria feito levantar-se e correr para a porta. Em vez disso, havia... uma sensação incrível de paz interior. Um contentamento genuíno tomava conta do seu ser.

Olhando para baixo, para as bochechas sedosas de Deanna, ainda coradas pela última vez que fizeram amor, sentiu um sorriso brotar-lhe nos lábios. Ele seria capaz. Com ela, poderia encarar o futuro com o tipo de convicção de que o compromisso necessitava. Não podia imaginar um momento em que não gostaria de acordar e vê-la ao seu lado, que não gostaria de jogar bola com Kevin, talvez até mesmo segurar um bebê seu nos braços.

E lá estava a sensação, pensou, quando o primeiro sinal de pânico surgiu com o pensamento sobre bebês. *Aquela* era a imagem destinada a lhe causar medo. Seu pulso acelerou e o estômago deu um nó.

Um bebê. Pelo amor de Deus! O que estava pensando? O que sabia sobre bebês? A última vez que passara um pouco mais de tempo com bebês fora na infância. Lembrou-se da chegada dos gêmeos da maternidade, quando ele e Ryan os seguraram no colo, com cuidado, como se eles pudessem quebrar, animados com a perspectiva de terem mais dois irmãos.

Infelizmente, essa emoção não durou muito. Lembrou que os gêmeos choravam demais, eram mais difíceis de acalmar do que Michael. Um bebê irritadiço já seria bastante estressante, dois provocavam noites sem dormir e temperamentos desgastados. Lembrou-se da tensão no rosto da mãe, as queixas impacientes do pai, que se transformavam em gritos, que muitas vezes faziam com que ele, Ryan e Michael saíssem correndo de casa, para se esconder, até que o furor terminasse. Lembrou-se de sentir medo e, pior, de se ressentir dos dois seres minúsculos que tinham vindo ao mundo para arruinar a vida deles.

O que era aquilo? Por que imaginava-se tendo um bebê com Deanna, ou com qualquer outra pessoa? Quantas vezes desejara, naquela época, que os gêmeos nunca tivessem nascido? Agora, um sentimento de culpa e angústia brotava em seu interior, ao recordar os pensamentos de ódio que dedicara àqueles dois meninos inocentes. *Como pude ter sido tão egoísta?*, censurou-se.

Com as lembranças havia muito esquecidas inundando-lhe a mente, Sean se perguntava como pudera tê-las enterrado por tanto tempo. É claro que devia tê-las soterrado tão profundamente quanto seu medo de que esses desejos infantis tivessem sido a causa de seus pais terem partido levando os gêmeos.

Manteve-se alheio às lágrimas que rolavam por seu rosto, até sentir Deanna tocar-lhe a face, hesitante e com uma expressão preocupada.

— Sean, o que há de errado?

Afastando a mão dela para o lado, ele enxugou as lágrimas com um gesto impaciente, constrangido por ter sido flagrado chorando.

— Nada — respondeu, bruscamente.

Ela colocou a mão sobre a dele.

— Não venha com essa. Não acredito em você.

O olhar firme de Deanna deixava claro que não tinha nenhuma intenção de deixá-lo escapar. Sean respirou fundo e forçou-se a admitir pelo menos parte do que o levara às lágrimas:

— Estava apenas mergulhado em uma enorme quantidade de recordações.

— Não muito agradáveis, suponho.

Ele fez um gesto negativo com a cabeça.

Deanna afagou-lhe a barba recém-crescida.

— Conte-me.

Seu tom de voz era suave, mas havia uma nota de comando. Sean já a conhecia bem o suficiente para perceber isso. Ela não descansaria até que lhe expusesse as entranhas. O que Deanna pensaria dele, depois? Talvez, apesar de tudo o que havia lhe dito na noite anterior, seria ela a pessoa a fugir do relacionamento.

Com uma sensação de aperto no peito, começou devagar, descrevendo a agitação que a chegada dos gêmeos causara em sua família. Enquanto ele descrevia como a situação piorara de mês para mês, Deanna assentia com a cabeça, sua expressão cheia de compreensão e compaixão, e não do desgosto que ele temia.

— Eu queria que eles sumissem — disse ele, a voz quase um sussurro ao admitir o sentimento vergonhoso.

— Ah, Sean! — Ela não parecia chocada ou horrorizada, apenas triste. — Você não sabe que é exatamente assim que cada irmão se sente quando um novo irmãozinho chega da maternidade? Com você foram dois irmãos de uma vez. E, pior, não eram bebês tranquilos.

— Mas Ryan não se ressentiu da minha chegada. Nenhum de nós dois se sentiu assim em relação a Michael.

— Você se lembra disso com clareza? Tinha apenas dois anos quando Michael nasceu.

— Eu me lembro... — insistiu ele, querendo continuar o assunto — ... tão claramente quanto recordo a tensão que se instalou no segundo em que Patrick e Daniel chegaram da maternidade.

Deanna não parecia totalmente convencida, mas disse:

— Você mencionou que os gêmeos eram bebês difíceis, e que causaram muitos problemas entre seus pais. Era natural que sentisse medo de que seu mundo estivesse prestes a desmoronar. Basta olhar para o que houve; sua família foi dilacerada. Talvez tenha sido por causa dos gêmeos ou por outro motivo, mas a verdade é que seus medos tinham fundamento.

— Isso não é desculpa — afirmou, recusando-se a se absolver. — Eles eram bebês. Que tipo de homem acusa um bebê por alguma coisa?

Deanna riu e, em seguida, beijou-o nos lábios. Sean ficou tão surpreso com a reação que não se moveu, nem sequer aprofundou o beijo, o que automaticamente teria feito em outra ocasião.

— Sean, você não era um homem. Era um menino de seis anos de idade, e mais novo ainda quando eles entraram na sua vida. Tenho certeza de que existem muitas outras coisas que fez nessa idade que jamais consideraria fazer agora.

Sean ia começar a argumentar, mas agarrou-se pouco a pouco à sabedoria daquelas palavras. Deanna tinha razão. Estava se culpando por algo que fugia ao seu controle. O que quer que tivesse acontecido naquela época fora causado pelas decisões que os adultos haviam tomado, e não por alguma coisa que ele, Ryan ou até mesmo Michael ou os gêmeos tivessem feito. A culpa, se existia alguma, era dos seus pais. Cabia a eles lidar com as rupturas, tranquilizar os filhos, não simplesmente fugir, abandonando-os, quando as coisas se tornaram difíceis.

Ryan e ele já haviam conversado sobre isso, concordado com esse ponto de vista, mas até agora Sean não se permitira acreditar. Ter a opinião de Deanna, uma terceira pessoa, proporcionara uma nova perspectiva, que ajudou mais do que ele imaginara ser possível. Um suspiro de alívio o fez estremecer, quando enfim deixou escapar um pouco do sentimento de culpa.

Deanna o fitou, surpresa.

— Você de fato estava se culpando, não é? Tem feito isso todos esses anos?

— Não conscientemente. Mas suspeito que, em algum lugar no fundo da minha mente, a culpa sempre esteve lá.

— O que o fez pensar sobre isso, esta manhã?

Sean cogitou guardar a resposta para si, mas Deanna merecia saber a verdade.

— Estava pensando em bebês. Seus e meus.

A expressão no rosto de Deanna era impagável, um misto de choque, surpresa e algo que parecia muito com pânico. Sean podia perceber.

Mas não estava mais assustado, porque, ao olhar no fundo dos olhos dela, tudo parecia possível.

DEANNA NÃO queria que Sean percebesse o quanto fora afetada pela sua observação inusitada sobre os dois terem filhos. Passaram apenas uma noite nos braços um do outro e ele já estava falando em formar uma família. Como podia ela sequer pensar em uma coisa dessas? Como ele podia? Admitir que o amava já não era um salto demasiado grande, por ora?

Por se sentir completamente desconcertada, livrou-se do abraço dele, com a desculpa de que estava morrendo de fome e que Sean também deveria estar. Vestiu um roupão e saiu pela porta do quarto, antes que Sean pudesse piscar, ou alcançá-la e trazê-la de volta à cama.

Suas mãos tremiam ao preparar o café. Precisou agarrar-se à beirada da bancada para se firmar ao sentir Sean se aproximar por trás e apoiar ambas as mãos, uma de cada lado, aprisionando-a no local.

— Certo — disse ele, em um tom de voz calmo. — Agora é a sua vez. Por que saiu da cama tão apressada?

— Estou com fome — insistiu ela.

— Vire-se, olhe nos meus olhos e diga que é só comida que tem em mente.

Deanna engoliu em seco e se forçou a se virar e fitá-lo diretamente nos olhos.

— Quero panquecas — disse, conseguindo manter a voz firme. Estava impressionada com sua atuação, ou, na verdade, uma mentira descarada.

Sean não parecia levá-la muito a sério.

— Panquecas? Você prefere panquecas a mim? — perguntou ele, sereno.

Deanna riu, apesar da tensão.

— Não sabia que você estava no cardápio.

— Ah, pode apostar. — Sean cobriu-lhe a boca com um beijo. — Sempre.

No instante seguinte, envolveu-lhe um dos seios com a mão, fazendo com que o mamilo intumescesse sob o tecido macio. E assim, o pânico se foi.

Aquele era Sean. O homem sólido, constante, que se tornara amigo do seu filho e seu protetor mesmo quando ela não queria sua proteção. Sean jamais a abandonaria como Frankie fizera, não após firmar um compromisso de ficar ao seu lado. Experimentara a dor do abandono, tanto quanto ela. E se podia dar um salto gigantesco de fé em direção ao futuro, ela também podia.

Podia? Seu coração acelerou com o pensamento.

Em seguida, encontrou o olhar dele, viu o homem que fazia seu pulso acelerar, o homem que a *amava*, que a amava o suficiente para enfrentar os próprios medos e seguir em frente.

Deanna encolheu os ombros e deixou o roupão escorregar para o chão, enquanto se atirava nos braços que a esperavam. Assim que ele a ergueu, ela estendeu a mão e desligou a cafeteira. Café, panquecas, tudo poderia esperar. O futuro estava bem à sua frente, e ela pretendia alcançá-lo e vivê-lo com toda a intensidade.

Por fim, após se recuperarem da mais incrível explosão espontânea de sexo que ela experimentara, Deanna olhou para Sean e notou um brilho divertido espreitando em suas íris.

— O que foi? Estou completamente fora do ar, e você aí, rindo de mim?

— Não é de você — explicou ele, alisando as linhas que lhe vincavam a testa. — Apenas me ocorreu que desperdiçamos um dia inteiro pintando este apartamento.

Deanna olhou para as paredes brilhantes e alegres.

— Como pode dizer isso? Está lindo.

— Mas você não vai morar aqui mais do que uma semana ou duas.

Ela o encarou.

— Como assim?

— Não é comum marido e mulher viverem sob o mesmo teto?

— O que está dizendo?

— Que eu quero que você se case comigo. Hoje. Amanhã. O mais breve possível.

— Algumas horas atrás, éramos apenas amigos, e agora você quer se casar, assim tão rápido? — Deanna não conseguiu impedir que a incredulidade, ou o pânico, permeasse a sua voz. — Não é um pouco precipitado?

A conversa anterior sobre filhos fora diferente. Era o tipo de conversa para terem no futuro. Então, falar sobre casamento continha um imediatismo que a aterrorizava. Sean fizera seus sentidos girarem durante a noite toda. Agora a estava deixando zonza, movendo o relacionamento dos dois à velocidade da luz.

Ele a fitou com um olhar compreensivo.

— Sei que é assustador — murmurou, envolvendo-lhe o rosto com as mãos calejadas, que conseguiam ser surpreendentemente suaves, mãos que poderiam fazê-la tremer com a mais leve carícia. — Mas eu te amo. Você me ama. E não é um sentimento tão recente. Nós o estamos nutrindo desde o dia em que nos conhecemos. Se enxergarmos por esse prisma, veremos que nos amamos há meses. E devemos contar tudo a Kevin, para que ele saiba que o que sentimos um pelo outro é permanente.

— Vamos deixar Kevin fora disto, por enquanto.

— Por quê?

— Porque isto é um assunto nosso. Temos que fazer o que é certo para nós, em primeiro lugar, ou será tudo errado para Kevin.

— O que isso significa exatamente?

— Que ainda estou atordoada com o fato de termos feito amor.

— Está arrependida?

Como poderia? Deanna encontrou seu olhar.

— Claro que não.

— E você ainda me ama, não é?

Deanna fez um gesto positivo com a cabeça.

— E Kevin acha que eu seria um bom pai para ele.

— Verdade — reconheceu Deanna.

— Sendo assim, qual é o problema? Vai me amar mais se esperarmos seis meses ou um ano para nos casarmos?

Deanna pensou sobre a lógica da pergunta. Ele tinha razão. Seus sentimentos poderiam se aprofundar, como tendia acontecer ao amor com o tempo, mas não mudariam. O amor que finalmente admitira sentir era tão real no momento quanto seria meses depois. Portanto, por que esperar?

— Você tem certeza? — perguntou ela, estudando-lhe o rosto, admirada por todas as suas dúvidas terem desaparecido no espaço de uma noite.

Sean a fitou com um olhar solene.

— Tenho certeza — afirmou.

A última das dúvidas de Deanna desapareceu. Seu coração começou a cantar. Olhou em volta para as paredes recém-pintadas do apartamento. Estava lindo, mas não era um motivo para adiar o inevitável. Se havia uma coisa que a vida lhe ensinara era aproveitar a felicidade quando ela surgisse, para si e para o filho. O verão estava quase chegando ao fim. Um casamento no outono seria bonito.

— Outubro? — sugeriu ela, tímida, pensando nas árvores mudando de cor, que poderiam fornecer um belo pano de fundo para a cerimônia.

A expressão de Sean se iluminou.

— Isso é um sim?

Deanna se recusou a ceder tão fácil. Ele precisava entender que não poderia querer tudo do seu jeito na nova vida juntos.

— É um talvez. — Ela o corrigiu. — Neste outubro teríamos muito pouco tempo para os preparativos de um casamento. Talvez fosse melhor no *próximo* outubro.

— Mas ainda falta mais de um ano — protestou ele. — E se acabarmos desistindo?

— Eu não vou desistir. Você vai?

— Não, mas...

— Se o que estamos sentindo é verdadeiro, não haverá problema em esperarmos.

Sean fitou-a com uma decepção óbvia.

— Não há nada que eu possa dizer para convencê-la a mudar de ideia? Que tal se eu prometer passar todos os dias da minha vida fazendo você feliz, construir uma família com você que não poderá ser destruída?

Deanna tocou-lhe os lábios.

— Eu já acredito nisso, com todo o meu coração.

Sean suspirou.

— Quer dizer que não há nada que eu possa dizer?

— Não posso pensar em nada.

— Acho que existe um lado bom nisso — disse ele, por fim. — Pelo menos Hank não vai ganhar os cem dólares dos rapazes no quartel.

Ela o encarou.

— O que a data do nosso casamento tem a ver com Hank ganhar esse dinheiro todo?

Sean hesitou, então deu de ombros.

— Não fique chateada, mas ele fez uma aposta no quartel. Pensa que eu não estou sabendo, mas lá nada permanece em segredo por muito tempo. Hank apostou que você e eu acabaríamos nos casando no outono.

— Ele o quê?!

— Eu disse para você não ficar chateada. Todos os outros rapazes acharam que era uma aposta perdida. Inferno, até eu mesmo achei! Teria apostado dinheiro que Hank e Ruby subiriam ao altar bem mais rápido que nós dois. — Ele balançou a cabeça, desgostoso. — Não posso acreditar que aqueles dois ainda estão desperdiçando tempo por aí. Qualquer pessoa pode ver que foram feitos um para o outro.

De repente, Deanna viu graça na situação.

— E se não nos casarmos no outono *deste* ano, Hank perderá a aposta, não é?

— Isso mesmo.

— Talvez seja melhor eu repensar isso — disse ela, sua expressão tornando-se pensativa. — O inverno começa oficialmente em 21 de dezembro.

Deanna se aconchegou um pouco mais ao peito do homem que a ensinou a sonhar outra vez.

— Sei que não é tão cedo quanto você gostaria e é muito mais cedo do que eu planejava, mas na verdade sempre achei que seria maravilhoso casar na véspera de ano-novo.

— Véspera de ano-novo... — repetiu ele, lentamente, seu olhar preso ao dela. — *Esta* véspera de ano-novo?

— Parece o momento perfeito para se comprometer com um novo começo, não acha? — perguntou, com um ar solene, tentando impedir que um sorriso se espalhasse por todo o seu rosto.

Por um minuto Sean pareceu estar absorvendo o comentário, interpretando-o. Então soltou um grito de felicidade. Ela não tinha certeza se toda aquela alegria se devia à sua maneira sorrateira de ter ganhado a aposta ou pelo êxito em fazê-la concordar com um período muito mais curto de noivado.

Mas quando ele a beijou com paixão, nada mais importou. Na verdade, todas as dúvidas de Deanna se dissiparam.

Epílogo

HANK AINDA resmungava por ter sido lesado em cem dólares ao ter errado a aposta em apenas algumas semanas, mas se encontrava ao lado de Sean, trajando um smoking, enquanto aguardavam Ruby e Deanna subirem ao altar de uma igreja do bairro. Os noivos consideraram a possibilidade de se casar na mesma igreja onde Ryan e Maggie se casaram, mas o padre Francis se viu de mãos atadas, pois Deanna, além de divorciada, era protestante.

No entanto, após ouvir toda a história, o velho padre dissera:

— Isso não significa que eu não possa participar da cerimônia realizada em outra igreja, se for o desejo de vocês.

Sean sorriu diante daquele modo inteligente do padre de contornar as regras. Não era de admirar que Ryan e Maggie o adorassem.

Naquele momento, quando o organista começou a tocar os primeiros acordes, o olhar de Sean voou até a entrada da igreja. Kevin apareceu, usando um smoking que já estava amarrotado, e um topete espetado, apesar do gel que Sean aplicara no cabelo do garoto para domá-lo. Quando o viu, o menino abriu um sorriso luminoso e começou a caminhar para a frente, segurando firme uma almofadinha contendo as alianças, como se lhe tivesse sido confiada uma valiosa e frágil peça de cristal. Sean deu uma piscadela, incentivando-o.

Ao lado de Sean, Hank suspirou quando Ruby surgiu em um vestido de veludo preto que se aderia às suas curvas, mas ao mesmo tempo lhe conferia uma aparência totalmente majestosa e apropriada à ocasião. Sean sabia que havia um anel de noivado no bolso do smoking do amigo. Se ele fosse um bom juiz sobre assuntos amorosos, Ruby aceitaria o pedido de casamento de Hank. A véspera de ano-novo seria uma noite inesquecível para todos eles.

Então Deanna apareceu na entrada, emoldurada por flores vermelhas e brancas, o vestido de cetim branco resplandecendo à luz das velas. Ao vislumbrá-la, todos os pensamentos na mente de Sean se dissiparam. Ela estava lindíssima, mas havia um traço inconfundível de tristeza em seus olhos que ele suspeitou ser o único capaz de notar. E também achava que sabia o motivo.

Sean prendeu a respiração antes de finalmente captar um movimento ao lado dela. Ouviu um sussurro, viu o olhar de Deanna se mover e uma expressão de surpresa transparecer em seu rosto. Até aquele momento, Sean não tinha certeza de que fizera a coisa certa. Agora sabia que sim.

Um homem alto, de aparência distinta, se postou ao lado de Deanna e estendeu-lhe o braço. Após um segundo de hesitação, ela deu o braço ao pai, e juntos caminharam em direção ao altar.

Ao se aproximarem de Sean, o pai, com os olhos enevoados, inclinou-se, beijou-a e, em seguida, colocou a mão da filha sobre a do noivo. O homem o encarou por alguns segundos e, então, afastou-se para se sentar ao lado de uma mulher, que não se envergonhava de chorar na fila da frente.

Ouvindo o som fraco de seus soluços, Deanna ofegou. Seu olhar voou na direção da mãe e, por um instante, Sean pensou que ela ia explodir em lágrimas, também. Mas Deanna se recuperou e voltou-se para encará-lo, com os olhos brilhando.

— Obrigada — murmurou. — Sei que está por trás disto.

— Eu queria que este casamento fosse perfeito. — Sean inclinou-se para sussurrar: — Não chore. As pessoas vão pensar que você não quer se casar comigo.

Deanna piscou para conter as lágrimas que ameaçavam rolar e sorriu.

— Está melhor assim?

— Linda — assegurou ele. — A mais bela noiva que eu já vi.

A cerimônia passou rapidamente. Sean proferiu os votos, que ele próprio escrevera, admirado por não gaguejar nem uma vez sequer, nem mesmo ao lhe prometer amor eterno. Na verdade, acreditar em uma eternidade plena de amor estava se tornando quase instintivo para ele.

A voz de Deanna soou firme e clara ao prometer ser constante em seu amor.

— Nada, nem tristezas, nem crises abalarão os alicerces da família que estou me comprometendo a lhe dar hoje. Eu o aceito como meu marido, meu filho o aceita como pai, a partir de agora, até o final dos tempos.

Sean não esperava que seu coração estivesse tão pleno. Sabia tão bem quanto qualquer um que palavras podiam ser facilmente proferidas, promessas facilmente quebradas, mas sua fé em Deanna e naquele casamento era inabalável.

Em seguida, o clérigo se afastou e o padre Francis pousou a mão sobre a deles.

— Peço a Deus que abençoe esta união. Agora e para sempre. — Sua boca se curvou em um sorriso sereno ao acrescentar: — Eu os declaro marido e mulher.

— E filho — a voz de Kevin ecoou no recinto.

O velho padre sorriu.

— E filho — acrescentou, abençoando a adoção que se tornaria oficial tão logo os documentos pudessem ser assinados.

Sean tomou o garoto nos braços e virou-se para dar a mão a Deanna e descerem pelo corredor, para um futuro que parecia mais brilhante que qualquer coisa que ele poderia imaginar.

DEANNA AINDA não conseguia acreditar que Sean, de alguma forma, fora capaz de convencer seus pais a comparecer à cerimônia. Se ele tivesse procurado nas melhores lojas do mundo, não teria encontrado um presente de casamento mais perfeito para lhe dar.

Ainda havia muitas feridas que precisariam de tempo para serem curados, mas era um começo, e ela devia tudo isso a um homem que praticamente não tinha nenhuma relação com a própria família. Talvez ninguém entendesse melhor do que Sean o quanto ela se sentira infeliz todos aqueles anos. Não se dera conta disso até olhar para o rosto do pai, quando ele se uniu a ela para levá-la ao altar. As emoções quase a esmagaram.

— Você se casou com um homem bom. — Seu pai dirigia um olhar de aprovação ao outro lado do salão, onde Sean, Ryan e Maggie conversavam. — Ele conseguiu me convencer de que esta era uma excelente oportunidade para consertar as coisas entre nós, e, se eu estragasse tudo, não mereceria outra chance.

— Sean tende a ser franco — comentou Deanna, admirada de o pai, um homem de temperamento forte, ter aceitado aquele ultimato tão bem.

Talvez estivesse esperando por uma desculpa para fazer as pazes, e Sean simplesmente a propiciou.

Ao lado de Deanna, a mãe parecia menos impressionada. Olhava ao redor do restaurante de Joey com um desdenhoso queixo empinado.

— Não posso imaginar o que se passou na cabeça do seu marido ao escolher um lugar como este para a recepção do casamento.

Deanna riu.

— Não culpe Sean. Fui eu que insisti. Joey e Pauline teriam ficado de coração partido se eu tivesse escolhido outro lugar. Além do mais, o preço era bom. Eles se recusaram a nos deixar pagar.

— Nós teríamos... — começou a mãe, mas foi interrompida pelo marido no meio da frase.

— Este foi o desejo de Deanna. O casamento é dela.

A mãe suspirou longamente, mas um olhar na direção de Sean fez brotar um meio-sorriso em seu rosto.

— Ele é um jovem muito bonito.

— Melhor que isso, mãe. É um homem bom. Agora, se me dão licença, já faz algum tempo desde que eu o deixei me roubar um beijo.

A verdade era que estava preocupada com o semblante tenso no rosto de Sean ao conversar com Ryan e Maggie, obviamente grávida e radiante. Deanna se aproximou e estalou-lhe um beijo na bochecha.

— Tudo bem?

A expressão de Ryan de imediato se tornou pesarosa.

— Desculpe. Sean e eu estávamos discutindo negócios de família. Isso poderia ter esperado.

— Não seja tolo. — Deanna estudou a fisionomia rígida do marido. — É algo sobre Michael?

Sean assentiu.

— Ryan o localizou.

— Isso é maravilhoso! — exclamou Deanna, mas nenhum dos dois irmãos parecia concordar com ela. Olhou para a cunhada. — Não é?

— Ele foi ferido no cumprimento do dever, há uma semana — contou Maggie. — Está em um hospital em San Diego. Ainda não recuperou a consciência.

— Então precisam ir até lá vê-lo. — Deanna se apressou em dizer. — Hoje à noite, se houver um voo disponível.

Sean a olhou nos olhos.

— Você não se importaria?

— De toda forma, só teremos nossa lua de mel oficial mais tarde. Isso é importante. Você precisa ir.

Ryan parecia esperar pela resposta do irmão. Quando Sean concordou, um peso enorme pareceu sair de seus ombros.

— Vou cuidar dos preparativos. Aproveite sua festa e dê atenção aos convidados. Assim que eu tiver informações sobre o voo, entro em contato.

Quando Ryan e Maggie se foram, Sean ficou olhando para Deanna como se não se cansasse da visão.

— Você é incrível. Sabe disso, não é?

— Por quê? Hoje você me devolveu a minha antiga família e começou uma nova comigo. Como eu poderia deixar de fazer o que é necessário para que também consiga a sua de volta?

— Eu te amo, Deanna Devaney.

— Eu também te amo. — Estendendo a mão, ela lhe afagou o rosto. — E quando você vir o seu irmão, diga-lhe que estamos ansiosos para que ele volte para casa.

EDITORA EXECUTIVA
Livia Rosa

COORDENAÇÃO DE PRODUÇÃO
Thalita Aragão Ramalho

PRODUÇÃO EDITORIAL
Jaciara Lima

COPIDESQUE
Rafael Surgek

REVISÃO
Isis Batista Pinto
Thamiris Leiroza

DIAGRAMAÇÃO
Abreu's System

CAPA
Miriam Lerner

Este livro foi impresso no Rio de Janeiro, em 2016,
pela Edigráfica, para a HarperCollins Brasil.
A fonte usada no miolo é Warnock Pro, corpo 12,5/16,5.
O papel do miolo é Chambril Avena 80g/m², e o da capa é cartão 250g/m².